SUR LA TOUCHE

Les Lions de Denver

EMILY SILVER

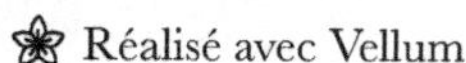 Réalisé avec Vellum

Sur la touche

Définition : La touche est l'espace situé hors du terrain, du périmètre de jeu. Être sur la touche revient à être mis à l'écart du jeu.

Prologue

TENLEY

— Tout le monde connaît les règles ?

— Pourquoi tu m'as amenée ici, Gabby ? dis-je d'un ton sifflant avec un coup d'œil nerveux dans la pièce.

— Parce que Matt est là, tu le sais bien. Je ne laisserais jamais passer une occasion de le voir.

Ses yeux bleus se font rêveurs. Cela fait des semaines qu'elle ne parle que de ce mec. Enfin, je ne peux pas vraiment lui en vouloir vu la façon dont je cherche Jackson du regard.

Il est là, avec Rachel, un verre à la main. Je plisse les yeux. Elle enroule une mèche de cheveux autour de son doigt et pose son autre main sur le bras de Jackson. Il dit quelque chose qui la fait éclater de rire, et je suis traversée par un éclair de jalousie.

— Quand est-ce que tu vas enfin te décider à lui avouer tes sentiments ? me chuchote Gabby à l'oreille.

Je suis amoureuse de Jackson depuis qu'il a emménagé dans la maison voisine de la mienne, juste avant la rentrée.

— Chut, répliqué-je en la repoussant légèrement.

Les organisateurs de la fête ont commencé à répartir les invités dans les différentes chambres.

— Quel est l'intérêt de ce jeu, sérieusement ?

— Les gens peuvent se peloter tranquillement *avant* de devoir deviner qui était avec eux, c'est ça, l'intérêt, répond Gabby d'un ton qui implique que l'objectif est évident.

Mon cœur se serre à la pensée d'une autre fille en train d'embrasser Jackson. D'un autre côté, le simple fait d'imaginer lui avouer mes sentiments me donne envie de m'enfuir en courant. Chaque fois que j'essaie de lui en parler, j'ai l'estomac noué et je suis prise de nausées. Pourquoi est-ce si difficile de discuter avec des garçons ?

— Petit rappel, interdiction de parler et on ne dépasse pas sept minutes. Une fois que tout le monde sera passé, on revient ici et on devine qui a embrassé qui.

Le ton guilleret de Rachel me fait grimacer. Je n'ai aucune envie d'être ici, mais je suis venue pour soutenir Gabby, qui compte enfin demander à Matt de sortir avec elle. J'aimerais être capable d'en faire autant.

Tout le monde s'assied en attendant son tour.

— Tenley, à toi.

— Je ne suis pas obligée de jouer, dis-je en me passant nerveusement la langue sur les lèvres, comme si cela allait m'aider à disparaître.

— Si, répond Rachel en levant les yeux au ciel. Il y a pile le même nombre de filles et de garçons, si tu ne joues pas, ça gâche tout.

— Tout va bien se passer, m'assure Gabby en me poussant vers la chambre.

Respire, Tenley.

J'entre dans le placard et ferme immédiatement la porte derrière moi. Je commence à me tordre les mains ; je n'aime pas venir aux soirées, ce n'est pas mon truc. Je préférerais largement être chez moi, à regarder un film avec Gabby.

La porte s'ouvre à nouveau et je prends une brusque inspiration.

— Merde.

Ce simple mot suffit à me faire frissonner.

C'est Jackson. Je reconnaîtrais sa voix entre mille. Sa main se cogne à mon épaule alors qu'il s'installe plus confortablement dans le placard plongé dans l'obscurité.

Je ne sais pas qui a eu l'idée de jouer à ce jeu, mais je les remercie avec ferveur en pensée quand je sens un souffle chaud caresser ma joue.

Je tourne la tête. Mes lèvres frôlent les siennes et mon ventre se serre sous le coup du stress.

Je risque la crise de nerfs. Je suis en train d'embrasser Jackson. Mon nouveau voisin, pour lequel j'ai eu le coup de foudre dès le jour de la rentrée.

Mes mains se posent sur ses bras tandis que sa langue se glisse à l'intérieur de ma bouche. Je me presse contre lui, et chaque inspiration m'apporte l'odeur entêtante de son parfum. Il saisit mes coudes et prend le contrôle du baiser. Soudain, j'ai du mal à réfléchir.

Jackson sait ce qu'il fait. On ne m'a jamais embrassée comme ça. On ne m'a jamais embrassée tout court, d'ailleurs. Je le laisse me guider tout en m'efforçant de répondre à chaque nouvelle caresse de sa langue. Il mordille ma lèvre inférieure, et je suis parcourue d'un frisson.

J'aimerais tant me perdre dans ce baiser.

Un coup sur la porte du placard me fait sursauter.

— Allez, c'est fini. Sors de là, mec, et on envoie les suivants.

Je lâche un soupir de regret. Sept minutes, ce n'est vraiment pas assez.

— Tu embrasses vraiment bien, murmure Jackson en sortant.

Je ne lui avoue pas mon identité. Je passe mes doigts sur mes lèvres gonflées par le baiser, comme si je pouvais y graver la pression de sa bouche. J'ai l'impression d'être en feu. Je voudrais pouvoir le traîner à nouveau dans ce placard sombre, lui dire que c'était moi, lui ordonner de continuer.

Au lieu de ça, mon portable vibre dans ma poche.

MAMAN : Tu étais censée rentrer il y a vingt minutes, jeune fille… Si tu n'es pas à la maison dans dix minutes, tu es punie pour les deux prochaines semaines.

– MINCE.

J'envoie un SMS rapide à Gabby pour lui dire que je dois rentrer chez moi, tout en priant pour avoir l'occasion de parler à Jackson plus tard.

PARCE QU'APRÈS CE BAISER ?
Je suis au septième ciel.

Chapitre Un

JACKSON

Je suis en pleine forme.

Le soleil brille dans le ciel et mes crampons foulent l'herbe verte du terrain. Je n'ai jamais été aussi plein d'énergie. Même en l'absence de spectateurs, la présence des deux équipes suffit à faire vibrer le stade.

C'est le deuxième jour de notre camp d'entraînement, et je suis aux anges. Les Mountain Lions sont en grande forme. L'équipe n'a pas passé la phase éliminatoire l'an dernier, mais ça n'a fait que renforcer notre volonté de gagner.

— Unités spéciales, à vous ! crie le coach.

L'équipe de Las Vegas est venue jusque chez nous pour un match amical, « amical » étant le maître-mot. Ils comptent parmi nos principaux rivaux, et leur équipe a tendance à tricher, les coups bas sont donc inévitables même pendant un simple camp d'entraînement. Dès qu'on sort du terrain, nos coachs respectifs nous crient d'être plus fair-play.

J'attrape mon casque avant de rejoindre la ligne formée par mes coéquipiers. Vu d'ici, le sommet des poteaux semble frôler le haut des gradins, derrière lesquels apparaît la silhouette familière des montagnes Rocheuses. C'est vraiment le meilleur stade du pays.

Je m'éloigne de mon *long snapper* accroupi et hoche la tête pour lui signaler que je suis prêt à envoyer le ballon entre les poteaux d'un bon coup de pied. Je prends une grande inspiration pour me concentrer, jusqu'à bloquer complètement le chahut du jeu autour de moi.

Le ballon est en place. Un pas. Deux pas. Je ne vois plus rien d'autre que le ballon, que je dégage d'une frappe puissante. Dès l'instant où il quitte le sol, un *linebacker* me fonce dessus. Notre propre *lineman* tente de le retenir, mais il se dégage en tournant sur lui-même et ses cent trente-cinq kilos de muscles percutent ma jambe tendue alors que je tombe.

Mon genou émet un craquement et je m'écroule à terre en position fœtale.

— Qu'est-ce qui te prend, connard ? je crie, les mains serrées autour de ma jambe.

Mes gars l'entourent immédiatement. Si c'était un vrai match, l'arbitre aurait déjà sifflé la faute.

— Que s'est-il passé ?

Darius, l'entraîneur, est déjà à mes côtés.

— C'est mon genou.

Une douleur brûlante me remonte dans la jambe.

Darius pose sa main dessus pour me stabiliser et je pousse un hurlement de douleur.

— Ça fait un mal de chien, sans déconner, dis-je avec une grimace avant de retirer mon casque d'un geste brusque.

Je plaque mes mains sur mes yeux et appuie de toutes mes forces dans l'espoir de repousser les vagues de souffrance qui me submergent.

— Tu as besoin d'aide pour te relever ?

J'entrouvre un œil lorsqu'une ombre me cache le soleil. Coach Franks se tient devant moi.

— Je croyais qu'on n'allait pas au contact, grommelé-je.

Je jette un regard à mes coéquipiers qui m'entourent, à genoux. Ils font une sale tête.

— On peut garder cette conversation pour plus tard.

Je me redresse. Le coach se penche sur moi.

— Pour l'instant, il faut qu'on t'examine. Sois un bon patient, d'accord ?

— On s'occupe de lui, lui assure Darius en signalant à deux joueurs de venir l'aider. On va t'emmener au vestiaire, se faire une meilleure idée de ce qui ne va pas.

— Tu es entre de bonnes mains, Fields.

Je ne sais pas exactement ce qui ne va pas, mais ce qui est sûr, c'est que ce n'est rien de bon. Je me force à respirer en dépit de la douleur tandis que mes deux coéquipiers m'aident à me relever. Je dois faire appel à toute ma concentration pour ne pas vomir mon déjeuner tellement je souffre quand je titube jusqu'au brancard.

— Jackson. Qu'est-ce qui t'est arrivé ? demande le médecin de l'équipe quand je m'installe sur le banc de la salle de radio.

— Un connard de l'équipe de Vegas, voilà ce qui m'est arrivé, grogné-je.

Il me donne une tape d'encouragement sur l'épaule et me regarde d'un air compatissant, ce qui n'améliore pas mon humeur. À vrai dire, rien n'y parviendra. Et surtout pas la conversation à voix basse entre l'entraîneur et le docteur, ni le bourdonnement de la machine tandis que je m'allonge.

— On dirait bien que c'est ton ligament collatéral tibial qui est touché. Je vais t'envoyer passer d'autres radios à l'hôpital pour vérifier que ton ligament croisé antérieur n'a rien.

— Merde.

Je plaque à nouveau mes mains sur mes yeux pour tenter d'ignorer les pensées qui me traversent immédiatement l'esprit.

Sur le banc pour le reste de la saison.

En réserve pour blessure.

Joueur autonome.

— Il vaut mieux le ligament collatéral que le ligament croisé antérieur, Jackson.

— Pas quand on a signé un contrat pour l'année.

Ma voix est pleine d'amertume. Cette année était censée être la nôtre. La *mienne*. L'année où Denver irait au Super Bowl.

— Pour un ligament collatéral, même une déchirure sévère peut se réparer d'elle-même en deux mois, sans opération nécessaire. On en saura plus tout à l'heure, mais essaie de rester positif, Jackson.

Facile à dire quand on n'est pas concerné.

— Vous avez beaucoup de chance, monsieur Fields, annonce le docteur en entrant dans la pièce, son porte-bloc à la main. Votre ligament croisé antérieur n'a rien, vous n'aurez donc pas besoin d'être opéré.

Je pousse un soupir de soulagement, et la tension qui me serrait la poitrine se relâche légèrement. Je regarde sur la gauche vers Rachel, qui n'a pas levé les yeux de son écran de téléphone.

— Qu'est-ce que je dois faire, alors ?

J'essaie de me redresser, mais le moindre mouvement provoque un éclair de douleur dans ma jambe.

— Interdiction totale d'utiliser votre jambe dans les jours à venir. On ne marche pas, on ne bouge pas, rien.

Il lance un regard à ma copine, qui ne prête toujours pas attention à la conversation. Seulement à son portable.

— Et ensuite ?

Ma main se serre d'impatience, du désir de pouvoir faire quelque chose, n'importe quoi pourvu que ce ne soit pas simplement rester immobile pendant des jours.

— Ensuite, le médecin de votre équipe et ses assistants sont chargés de mettre au point un programme de rééducation. C'est eux qui prendront le relais. Est-ce que quelqu'un peut s'occuper de vous en attendant ?

Nouveau coup d'œil vers Rachel. C'est une conversation qui est partie pour être difficile, j'en suis certain.

— Je me débrouillerai.

— Aucun poids sur votre jambe. Je suis sérieux. Le moindre manquement à cette règle pourrait prolonger votre période de rééducation, et on a besoin de vous cette saison. Vous avez le coup de pied le plus vicieux de la Ligue, vous devez être sur pied d'ici là.

— Merci, docteur, dis-je en lui serrant la main.

Il quitte la pièce, et je me tourne vers Rachel.

— Hé, Rach.

Pas de réponse.

— Rachel.

Toujours rien. Silence radio.

— Putain, Rachel !

Cette fois, ses yeux bruns se relèvent pour croiser mon regard. J'y distingue surtout de l'agacement.

— Quoi, J ?

La méchanceté de son ton ne m'échappe pas.

— Tu as entendu ce qu'a dit le médecin ?

— Pourquoi est-ce que j'aurais écouté ? Je comprends rien à tout ce jargon médical.

Elle souffle la bulle de son chewing-gum jusqu'à l'éclater. Ma patience est dans le même état, et vu la journée que j'ai passée, je n'ai plus grand-chose à perdre.

— Je sais pas, peut-être parce que j'aurai besoin de ton aide ces prochaines semaines ? Je ne peux pas utiliser ma jambe, lui expliqué-je, répétant les ordres du médecin.

— Et en quoi ça me concerne ?

Je me passe la main sur le visage pour garder mon calme.

— Parce que tu es ma copine ? J'ai besoin de toi.

J'ai l'impression de parler à une gamine.

Rachel pousse un soupir agacé. Comme si c'était de ma faute si mon ligament s'était abîmé, et pas celle de cet imbécile de Las Vegas. Quel connard, lui.

— Tu sais bien que j'ai un photoshoot à New York la semaine prochaine. Je ne peux pas le rater. C'est pour un de mes plus gros sponsors.

Ah, oui. La vie d'une influenceuse beauté. Je n'ai jamais compris ce qu'elle faisait exactement. En échange, elle s'y connaît à peine en football américain.

— Donc tu vas juste me laisser galérer tout seul ?

Ma voix s'est teintée de colère.

— Pourquoi tu me cries dessus ? Ce que tu peux être égoïste, parfois.

Respire, Jackson, respire.

M'énerver contre elle ne changera rien. Rachel est ma seule option, actuellement, et j'ai besoin de son aide.

Elle se lève et avance la hanche dans sa posture caractéristique d'une dispute. Au moins, je sais comment détourner son attention. On est ensemble depuis treize ans, ce n'est pas rien.

— J'ai besoin d'aide pour rentrer chez moi. Tu penses que tu peux au moins gérer ça ?

Elle lève les yeux au ciel mais ne discute pas. C'est une

petite victoire, que j'accepte avec gratitude après cette journée infernale.

Difficile de savoir ce que j'avais vu en elle, il y a toutes ces années. Un simple jeu avait suffi à me convaincre que c'était la femme de ma vie. Mais aujourd'hui, j'ai du mal à me souvenir des raisons pour lesquelles nous sommes tombés amoureux. Même après toutes ces années, nous sommes à peine plus que des inconnus, qui se croisent par hasard dans la nuit.

Rachel agite une main chargée d'un sac de marque dans ma direction.

— On en a encore pour longtemps, J ? Je n'ai pas que ça à faire.

Je serre les dents en entendant ce surnom que je déteste.

— Tu crois que c'est comme ça que je comptais passer ma journée ? C'est pas une blague, les blessures au genou, Rachel ! je crie.

La journée a été longue, et je n'en peux plus. Mon genou me lance, et la personne sur laquelle je devrais pouvoir compter n'exprime que de l'agacement à mon égard.

Elle lève les yeux au ciel.

— Ne sois pas dramatique. Vivre avec toi va être insupportable, soupire Rachel avant de sortir de la pièce. Appelle-moi quand tu seras autorisé à sortir. On se voit chez toi.

Putain.

Pas moyen que je passe les semaines à venir avec Rachel. Surtout si elle est à un quelconque événement à New York. Ce qui signifie que je suis tout seul.

Je broie du noir. Si je ne fais pas suffisamment attention, je pourrais abîmer encore plus mon genou, peut-être au point d'avoir besoin d'une opération.

L'infirmière revient pour me dire qu'elle doit encore stabiliser ma blessure avant de me laisser partir. Avant que mes pensées ne puissent recommencer à me tirer vers le bas, mon téléphone vibre sur la table de chevet.

Et la seule personne au monde capable d'illuminer ma journée vient de le faire.

C'est Tenley.

Chapitre Deux

— C'est magnifique, Tenley !

Ashley est debout derrière moi et m'applaudit tandis que j'essuie la peinture que j'ai sur le front. L'arbre en fleur qui recouvre le mur est certainement une de mes meilleures fresques, en toute modestie.

— Tu trouves ?

L'école ne reprend pas avant encore quelques semaines, et j'aime peindre un nouveau motif sur le mur de briques de ma classe chaque année. Cela fait partie des avantages de travailler dans une école privée.

— Les enfants vont adorer.

— Je n'arrive pas à croire que c'est déjà bientôt la rentrée.

Je balaye la salle de classe du regard. Elle paraît bien vide sans les voix de mes élèves de maternelle.

— Je suis nerveuse, m'avoue Ashley. Et s'ils ne m'aimaient pas ?

Mon regard se pose sur ma nouvelle assistante. Avec ses grands yeux de biche et son sourire plus chaleureux qu'une journée d'été, je sais que les enfants vont l'adorer.

— Ne les laisse pas sentir ta peur, ou ils t'écraseront complètement.

Je ne pensais pas que ses yeux pouvaient s'écarquiller plus, et pourtant.

— Oh, mon Dieu, je n'ai aucune chance.

Je renverse la tête en arrière avec un éclat de rire.

— Tout ira bien. Évite juste de porter un pantalon blanc et tu t'en sortiras à merveille.

— Pourquoi ça ? demande-t-elle en fronçant les sourcils.

— Pour mon premier jour en tant que maîtresse d'école, j'avais prévu ma tenue jusqu'au moindre détail. Un pantalon blanc et un haut avec des pommes dessus. J'avais l'impression d'être l'image même d'une institutrice, lui raconté-je avec un nouveau rire, presque étonnée du temps que j'ai déjà passé à enseigner. Je ne me doutais pas qu'il se passerait quoi que ce soit, mais pendant l'heure du dessin, un des petits a trébuché et m'est tombé dessus. J'avais des traces de peinture bleue sur les jambes pendant tout le reste de la journée.

Ashley dissimule son sourire derrière sa main.

— OK, c'est plutôt drôle. Je ne ferai pas la même erreur.

— Tu vois ? Ton premier jour se passera déjà mieux que le mien. J'étais mortifiée. Et la directrice, Mme Carson, s'est contentée de se moquer de moi quand elle est venue voir comment ça se passait.

— Elle fait un peu peur, grimace Ashley, qui ne rit plus.

— On s'habitue, je réponds en haussant les épaules.

— J'ai encore tellement de choses à apprendre.

— Tout va bien se passer.

Je lui fais un clin d'œil avant de regarder ma montre. J'ai rendez-vous avec mes sœurs pour boire un coup, et je suis en retard.

— Et un cocktail ou deux ne fait pas de mal non plus.

———

— À la nouvelle année qui commence !

Penny, Nora et moi trinquons dans un cliquetis de verre.

— Je n'arrive pas à croire que Tyler entre en maternelle, gémit Nora, les larmes aux yeux, tandis que Penny avale une grande gorgée de sa margarita.

— Je n'arrive pas à croire que tu sois assez vieille pour avoir un enfant en maternelle ! réplique-t-elle.

Nora, la cadette de notre fratrie, a eu son premier enfant immédiatement après son mariage.

— Mon bébé a bien grandi.

— J'aurais aimé qu'il soit dans ma classe, j'aurais pu le voir tous les jours, dis-je en plongeant un nachos dans la sauce salsa.

— Et c'est pour ça que je suis sa tante préférée. Parce que c'est moi qui le récupère à la sortie de l'école, se vante Penny avec un sourire triomphant.

Je serais bien incapable de lui en vouloir.

— Dis donc, je te trouve de bien bonne humeur, lance Nora, qui est la seule personne au monde à pouvoir lui faire ce genre de remarque sans représailles. Tu as rencontré quelqu'un ?

— Et pourquoi je ne pourrais pas simplement être heureuse ? Je n'ai pas besoin d'un homme pour l'être, réplique Penny en lui jetant un regard mauvais.

Si elle n'avait pas les cheveux châtains, plus foncés que nos têtes blondes, on pourrait nous prendre pour des triplettes. On se ressemble à ce point.

— Non, en effet, coupé-je avant que Nora ne puisse enchaîner avec un commentaire qui énerverait vraiment

Penny. Seulement, on ne t'a pas vue aussi heureuse depuis ton divorce. Et te voir comme ça nous rend heureuses à notre tour.

Penny lève les yeux au ciel en prenant une nouvelle gorgée de sa boisson.

— Je me suis dit qu'il était temps que j'arrête de pleurnicher et que je passe à autre chose.

— Qui êtes-vous et qu'avez-vous fait de ma sœur ? dis-je en riant.

— Au moins, ça ne fait pas des années que j'aime un homme que je ne peux plus avoir, commente Penny en haussant un sourcil parfaitement épilé dans ma direction.

Quand j'étais plus jeune, ce geste suffisait à me faire avouer mes plus sombres secrets. Maintenant, plus tellement.

— Je ne vois pas de quoi tu parles.

Je détourne les yeux vers l'intérieur du restaurant mexicain lumineux dans lequel nous venons régulièrement manger depuis des années, toutes les trois. Même Nora, malgré ses trois enfants, prend soin de garder du temps pour ses sœurs.

— Hmm, fait Nora avec un coup d'œil entendu. Comment va Jackson, ces temps-ci ?

— Comme d'habitude. Pourquoi tu me demandes ça ? je demande en essayant de paraître nonchalante.

Elles échangent un regard avant de se tourner vers moi.

— OK, Tenley, assez de bêtises. Tu as rompu avec je sais plus qui …

— Ryan, je l'interromps.

— Peu importe, dit-elle en agitant la main. Vous n'êtes plus ensemble. Pourquoi ? Il avait l'air tout à fait sympa.

— Désolée de ne pas vouloir me contenter d'un gars « tout à fait sympa ».

— Au moins, tu pouvais coucher avec quelqu'un régulièrement, intervient Penny, avec une expression dépitée pour la première fois depuis le début de la soirée. Putain, ça me manque.

— Ça ne te manquerait pas si ce n'était rien de mieux que « tout à fait sympa », je marmonne.

— Ce que j'essaie de dire, c'est qu'il faut que tu passes à autre chose, toi aussi. Il ne quittera jamais Rachel.

La simple mention de son nom me fait grincer des dents.

— Je ne comprends pas pourquoi vous vous obstinez à croire que j'attends encore Jackson.

— Oh, ma chérie, roucoule Nora en posant sa main sur la mienne. Tu essaies de le cacher, mais on sait toutes que c'est le cas.

— Pas la peine d'être aussi condescendante.

Je fais signe au serveur de nous apporter de nouvelles boissons.

J'adore mes sœurs, vraiment, mais dans ce genre de moment, je dois faire un effort pour m'en souvenir.

— J'ai un nouveau collègue au bureau. Peut-être que je peux vous organiser un rencard ? suggère Nora en remuant les sourcils d'un air entendu.

— Pas question, répliqué-je en pointant vers elle un doigt indigné tout en veillant à ne pas renverser le verre que le serveur pose devant moi. La dernière fois que tu as fait ça, le gars était encore amoureux de son ex et il a passé la soirée à pleurer.

— Comment je pouvais le savoir ? se défend Nora avec un regard innocent.

— Clairement, tu es bien trop amoureuse de ton propre mari pour déceler ce genre de signes chez les autres, je soupire en secouant la tête.

— Ça, c'est bien vrai, approuve Penny.

— Peut-être qu'un de ces jours, tu finiras par trouver quelqu'un qui détournera enfin ton attention de Jackson, déclare Nora en prenant une gorgée de margarita.

Mon portable choisit ce moment tout à fait inopportun pour se mettre à vibrer. Je tente de dissimuler le sourire qui apparaît sur mon visage, mais je ne dois pas m'en sortir très bien vu le regard que me jettent mes sœurs.

— Attends, laisse-moi deviner… C'est Jackson ?

J'ignore la pique de Nora et déverrouille mon téléphone. Je déteste être si prévisible ; j'ai beau m'efforcer de cacher les sentiments que j'éprouve envers mon meilleur ami, personne n'est dupe.

Mes yeux parcourent rapidement le message et je sens mon cœur plonger dans ma poitrine.

— Oh, mon Dieu. Il est à l'hôpital.

— Quoi ?! s'exclament mes sœurs d'une même voix.

— Je ne sais pas pourquoi. Il m'a juste demandé de venir le chercher. Il a un problème au genou, apparemment ? Il faut que j'y aille.

— Tu nous tiens au courant ? demande Penny tandis que je me penche pour lui embrasser la joue.

— Bien sûr. À bientôt !

Je sors du restaurant au pas de course, le cœur battant à toute vitesse.

Quand il s'agit de mon meilleur ami, le moindre incident m'emplit de panique.

Parce qu'en vérité, et en dépit de ce que je m'obstine à dire à mes sœurs, je suis folle amoureuse de lui, au point que c'en est effrayant.

Chapitre Trois

TENLEY

— Hé, mais regardez qui voilà !

À sa voix, on croirait que Jackson est ivre.

— Dis donc, quelqu'un a pris trop de médicaments, je commente en entrant dans la pièce.

Il pointe un doigt dans ma direction tandis que je m'assieds à son chevet.

— Ils m'ont donné un antidouleur. Les effets devraient durer encore quelques heures.

Vu le sourire béat sur son visage, je n'en doute pas.

— Que s'est-il passé ?

— Ce connard d'Allen, répond-il en secouant la tête.

Son visage est déjà couvert d'une légère barbe naissante.

— C'est qui, Allen ?

— Allen. De Las Vegas, précise Jackson comme si j'étais censée savoir parfaitement de qui il s'agissait.

— Je ne connais pas tous les footballeurs. Qu'est-ce qu'il a fait ?

Après un nouveau mouvement de la tête, Jackson me fixe d'un regard intense.

— On avait un match amical aujourd'hui, dans le cadre d'un camp d'entraînement. Pour montrer notre supposée camaraderie entre divisions. Cet enfoiré a décollé direct de la ligne et m'a foncé dessus. Et boum, termine-t-il avec un vague geste en direction de sa jambe.

Je grimace.

— Qu'a dit le médecin ?

— Entorse du ligament croisé. Hors-jeu pendant six semaines minimum, répond Jackson avec un sourire tranquille qui dévoile ses dents blanches.

— Oh, Jackson. Je suis désolée, dis-je en posant la main sur son avant-bras.

Au moindre contact entre nous, je sens une étincelle. Jackson n'est pas à moi, et j'en veux à mon corps de réagir ainsi. D'ailleurs…

— Où est Rachel ? je demande.

Sa mâchoire se serre. D'agacement ou de douleur, je ne saurais le dire.

— Elle avait des choses plus importantes à faire. Elle devrait m'attendre chez moi, quand je sortirai.

C'est à mon tour de grincer des dents. Rachel. Le fléau de mon existence. Elle ne mérite pas Jackson. Pas du tout.

— Elle *devrait* y être ? Jackson, est-ce que tu es capable de te débrouiller seul ?

— Mais oui, tranquille. Je… Je vais m'en sortir.

Il serait plus convaincant s'il n'avait pas dû faire un effort visible pour terminer sa phrase.

— Et tes parents ? Tu peux rester chez eux ?

— Ils sont en Europe, actuellement, il me semble, répond-il en secouant la tête. Ou peut-être en Asie ? Je ne suis pas sûr.

Cela me fait sourire. J'ai toujours adoré les parents de Jackson. Dès qu'ils ont pris leur retraite, ils ont vendu la maison et n'ont pas arrêté de voyager depuis.

— Ça fait des mois que je ne les ai pas vus, commenté-je.

— Sûrement depuis la dernière fois que je les ai vus, moi aussi, dit Jackson avec une grimace de douleur lorsqu'il tente d'ajuster sa position dans le lit.

— Ça va ?

Je me lève. J'aimerais soulager sa souffrance, mais je ne veux pas aggraver les choses en le touchant. Pour lui ou pour moi, je n'en suis pas certaine.

— Ça fait un mal de chien. Même avec les antidouleurs, grogne Jackson, les yeux fermés.

— Qu'est-ce que je peux faire pour aider ? demandé-je en ramenant en arrière la boucle de cheveux bruns qui tombe sur son front.

Ses yeux couleur chocolat croisent les miens, et mon cœur rate un battement.

— Tu es là. C'est ce dont j'ai besoin.

— C'est mal d'avoir envie de mettre une claque au mec qui t'a fait ça ?

— C'est ça, Tenley, dit Jackson en riant. Comme si tu le ferais vraiment.

— Quoi ? je m'exclame, offensée. C'est nul qu'il s'en tire aussi facilement.

— À mon avis, les gars se sont déjà bien occupés de lui. Et puis, on aura notre revanche sur le terrain.

— Ah, ces footballeurs, marmonné-je d'un ton agacé. Irrécupérables.

— Heureusement que tu m'aimes, réplique Jackson, dont les yeux se referment doucement.

Ses mots font l'effet d'une gifle. Il ne les pense pas. Enfin, pas *vraiment*, pas dans le même sens que moi. Je me force à garder une expression neutre, à ne pas lui montrer à quel point ils m'affectent.

— C'est vrai que tu es mon joueur préféré, dis-je en lui

donnant un léger coup sur l'épaule ; après tout, nous sommes amis. Alors, laisse-moi te distraire un peu.

Je sors mon portable de ma poche.

— Et comment tu comptes me distraire ? demande Jackson en haussant un sourcil.

— On va jouer à Wordscapes.

Le sourire qu'il m'adresse m'aurait fait tomber à genoux il y a quelques années. Mais le temps m'a permis d'entourer mon cœur d'une muraille épaisse. Qui comporte quelques fissures, bien sûr, mais qui m'a bien servie, dans l'ensemble.

— Prépare-toi à la défaite de ta vie, Rhodes.

— Parle pour toi, Fields.

Je fais craquer mes doigts et m'installe à côté de lui dans le lit. J'ouvre l'application tandis que Jackson se blottit contre moi, apportant avec lui l'odeur d'une longue journée passée sur le terrain.

— Je devrais avoir droit à un avantage, vu ce qui m'est arrivé, dit-il avec une moue.

Heureusement, je suis immunisée.

— Quand mes maternelles essaient, ça ne marche pas. Tu crois qu'avec toi, ça va fonctionner ?

— Ça valait le coup d'essayer, répond Jackson avec un rire en me donnant un petit coup d'épaule. Tu es trop forte à ce jeu.

— Oui, je ne fais qu'un avec les mots. Allez, maintenant, arrête de me distraire.

On se lance dans le jeu, nos doigts glissant rapidement sur l'écran. Chaque nouveau mot provoque un cri de victoire.

Au fur et à mesure de notre progression, la compétitivité prend le dessus, et mon cœur commence à jeter un œil par-dessus la muraille. C'est si facile d'être avec Jackson comme ça. Entre nous, tout a toujours été facile. Lorsqu'il a commencé à sortir avec Rachel, j'étais détruite. J'avais du mal à le fréquenter quand ils étaient encore dans leur phase de jeunes tourtereaux. Maintenant, je m'en sors mieux.

Sortir avec d'autres garçons a beaucoup aidé, même si Jackson a détesté chaque copain que je lui ai présenté. Cela m'a permis de mieux définir nos rôles d'amis. De meilleurs amis. On a toujours été là l'un pour l'autre. Je ne peux pas, et je ne *vais* pas l'abandonner alors qu'il a besoin de moi.

— Ha ! C'est gagné !

— Sauf que c'est pas un vrai mot, andouille.

— Si, commence Jackson avant de s'interrompre lorsque l'écran le contredit. Mince.

— Celui qui trouve le dernier mot remporte la partie ? je lui propose.

— Deal.

Le dernier mot est toujours le plus difficile. Notre concentration est à son maximum. Au point que je passe complètement à côté de la présence d'une nouvelle personne dans la pièce.

— Ça alors. On dirait qu'on s'amuse bien, ici.

Aux premières notes de la voix suraiguë de Rachel, je saute hors du lit, loin de Jackson. On ne faisait rien de mal, mais je suis sur mes gardes en sa présence.

— Je croyais que tu m'attendais chez moi, lui lance Jackson, surpris.

Rachel ne me quitte pas des yeux. L'obscurité perçante de son regard m'a toujours perturbée. Cela me tend de ne pas pouvoir deviner ce qu'elle pense.

— Oh, J. Je me suis sentie mal après notre discussion de tout à l'heure, donc je suis revenue pour t'aider à rentrer chez toi.

La douceur écœurante de sa voix me pousse à m'éloigner d'eux.

Des vagues de tension s'échappent de Jackson lorsque Rachel se rapproche de lui.

— Tu m'as dit que tu devais aller à New York, dit-il.

— On en parlera plus tard, bébé, répond Rachel en balayant sa remarque d'un geste.

Mon Dieu, je déteste quand elle l'appelle comme ça. Il fait un mètre quatre-vingt-cinq et pèse quatre-vingt-dix kilos. Jackson est tout sauf un bébé.

— On n'a plus besoin de toi, me dit Rachel en agitant la main dans ma direction.

— Rach, tu peux arrêter ? Tenley était juste en train de me changer les idées, en bonne amie.

Amie. Si je découvre un jour un mot que je déteste plus que celui-là, je mange mon bras.

— C'est pour ça que je suis revenue, dit-elle en faisant glisser un ongle verni le long de la poitrine de son copain. Pour te changer les idées.

Jackson me jette un regard, une ombre de regret sur le visage.

— Si tu as besoin de quoi que ce soit, tu sais où me trouver, lui dis-je avant de remettre mon sac sur mon épaule sans attendre qu'ils me répondent. Prends bien soin de lui.

Cette dernière remarque fait réagir Rachel. Si elle levait un peu plus les yeux au ciel, je pense qu'ils lui sortiraient de la tête. Elle en fait toujours trop. Je lance un dernier coup d'œil à Jackson avant de quitter la pièce. Pas la peine d'être là quand il y a déjà Rachel.

C'est un cycle vicieux. Je sais que je n'aurai jamais la place qu'occupe Rachel dans la vie de Jackson. Mais de temps en temps, j'ai un aperçu de ce qu'aurait pu être ma vie. Et c'est toujours si douloureux.

Parce que Jackson est tout ce que je désire.

Mais il ne sera jamais à moi.

Chapitre Quatre

JACKSON

— Rachel. Tu veux bien aller me chercher un Ibuprofène ?
je demande avec une légère tape sur son corps endormi
près de moi.

Il est tard, presque trois heures du matin, et c'est la
douleur qui m'a réveillé. Le médecin a stabilisé mon genou
avant de me renvoyer chez moi, avec la stricte interdiction
de bouger ma jambe. Si l'entorse empire, rien qu'un peu,
je devrais me faire opérer.

— Oh, va le chercher toi-même, grogne Rachel avant
de se retourner en ignorant ma demande.

— Je n'ai pas le droit.

— C'est pas mon problème.

Je sens une colère brûlante monter en moi. Il est trop
tôt pour avoir cette discussion. Ma jambe me fait mal, je
suis fatigué, il me faut un moyen de me calmer.

— Tu as dit que tu m'aiderais. Je suis littéralement
incapable d'utiliser ma jambe. Ma blessure pourrait
s'aggraver.

— Je ne pensais pas que ça impliquerait de se lever au

milieu de la nuit, râle-t-elle en repoussant la couette avant de se diriger vers la salle de bain.

Je l'entends fouiller dans un placard, puis elle réapparaît pour me jeter un objet à la figure. La boîte de médicaments rebondit et tombe du lit.

— T'es sérieuse ?

— T'es censé être doué pour attraper des trucs au vol.

— Ma spécialité, c'est les coups de pied, Rach. Je ne reçois pas les ballons.

Elle attrape la petite bouteille et laisse tomber deux pilules dans le creux de ma main.

— Ça risque d'arriver encore souvent, ce genre de choses ? Non, parce que j'ai besoin de beaucoup de sommeil pour être en forme pour mon photoshoot.

— La séance photo à New York à laquelle tu as dit que tu n'irais pas ?

—Je n'ai jamais dit que je n'irais pas, réplique-t-elle en rejetant ses longs cheveux noirs en arrière. Je peux décaler d'un ou deux jours, mais c'est important pour moi d'être vue à ce genre d'événements publics, J.

— Et ça, c'est pas important ? dis-je en désignant d'un geste ma jambe cassée. Mince, Rachel, j'ai besoin de toi.

— On peut pas toujours être là l'un pour l'autre, Jackson. Moi aussi, j'ai une vie.

À ces mots, je sens quelque chose en moi céder. Je ne peux plus subir tout ça.

— Écoute, si tu ne peux pas être là pour moi maintenant, c'est fini entre nous.

Rachel lève les yeux au ciel. Si j'avais gagné un dollar chaque fois qu'elle le faisait, je pourrais déjà prendre ma retraite et vivre dans le luxe.

— Tu en fais trop, Jackson.

— Je suis sérieux, insisté-je avec une longue expiration pour me débarrasser de l'anxiété qui monte en moi, détendre mes épaules qui remontent jusqu'à mes oreilles. J'ai besoin de quelqu'un sur qui je puisse compter, et à l'instant, tu n'es pas cette personne.

L'amertume de mes mots la fait réagir.

— C'est à cause de Tenley ?

Cette femme va m'achever, je le jure.

— Non. Rien à voir avec Tenley. C'est parce que tu n'es jamais là quand j'ai besoin de toi. Tu es trop occupée à t'inquiéter de tes foutus sponsors à New York pour te soucier de moi ! J'en ai marre, Rachel. Je n'en peux plus.

— OK.

Elle tourne les talons et se dirige vers le sac dans lequel elle avait emporté de quoi passer la nuit. Je ne lui ai jamais proposé d'emménager avec moi ; j'aurais dû me douter que quelque chose n'allait pas dans notre relation. On a toujours été plus heureux d'avoir chacun son propre espace. Pourtant, si on aime vraiment quelqu'un, on devrait avoir envie de le voir tout le temps, non ?

— OK ? C'est tout ce que tu as à dire ?

— On est déjà passés par là. Tu t'énerves, ou je m'énerve, on se sépare, on se remet ensemble un mois plus tard.

— Pas cette fois, Rachel. Je suis sérieux. C'est fini.

— OK.

— Arrête de dire ça !

Je plaque les mains sur mes yeux, la frustration menaçant de déborder. J'ai passé la pire journée de ma vie, et cette femme n'arrête pas d'aggraver les choses.

— C'est bon, Jackson.

Putain, c'est encore pire.

— Si c'est ce que tu veux, c'est fini entre nous, reprend-elle. Mais ce n'est pas la peine de venir me courir après en pleurant quand tu regretteras. Parce que tout ça, ce n'est plus à toi, dit-elle en désignant son corps mince.

Elle quitte la pièce d'un pas furieux et je l'entends traverser l'appartement avant de claquer la porte derrière elle.

— Merde.

Décidément, rien ne va aujourd'hui. Je ne sais toujours pas trop quoi penser de tout ça, mais ce qui est sûr, c'est que j'ai besoin d'aide.

Je suis frappé par le fait que la première chose qui me vienne à l'esprit après avoir rompu avec Rachel – pour de bon, cette fois – c'est que j'ai besoin d'aide. Pas qu'elle va me manquer, pas que je regrette de ne plus l'avoir dans ma vie.

Au contraire, j'ai l'impression d'être libéré d'un poids. D'avoir ouvert les yeux et constaté la vraie nature de notre relation. On se contentait d'être au même endroit en même temps, mais aucun de nous ne s'appuyait réellement sur l'autre.

Au lycée, notre relation était plus passionnelle. On passait notre temps à se tripoter. Mais avec les années, tout ça s'est effacé. On est allés dans des facs différentes, on ne se voyait plus que les week-ends, quand on pouvait. On s'est séparés et remis ensemble tellement de fois que j'en avais le tournis.

Je pousse un soupir de soulagement. Je serai moins anxieux à l'idée de traverser les semaines à venir avec quel-qu'un de fiable à mes côtés.

Et quand j'y réfléchis, il n'y a qu'une seule personne qui me vient à l'esprit.

Chapitre Cinq

TENLEY

La sonnerie de mon portable me réveille en sursaut. Il n'est pas tout à fait six heures du matin. Un appel aussi tôt ne peut être que mauvais signe.

— Allô ? je décroche, à moitié endormie.

— J'ai besoin de toi, dit Jackson d'une voix claire. J'ai viré Rachel de chez moi, je me suis retrouvé tout seul, et j'ai besoin d'aide.

Je me redresse, mon cerveau encore embrumé s'efforçant de traiter ces informations.

— Quoi ?

— Écoute, je sais qu'il est tôt, mais j'ai besoin de toi, Tenley.

Il n'a pas besoin d'en dire plus. Je suis déjà levée.

— J'arrive tout de suite.

Je raccroche et me précipite vers mon placard pour enfiler les premiers vêtements que je trouve.

Jackson a viré Rachel de chez lui ? Est-ce que ça veut dire qu'ils ne sont plus ensemble ? Je tente en vain de calmer la vague d'excitation qui monte en moi à cette idée.

C'est déjà arrivé. Ils se disputent tout le temps, se séparent, se remettent ensemble. Cela ne veut certainement rien dire.

Peut-être que si je continue à me le répéter, je finirai par y croire.

J'attrape mes clés et sors de chez moi. La route jusque chez Jackson est familière, je l'ai parcourue des centaines de fois, depuis le temps. J'adore ce trajet, qui offre une vue sur la silhouette des immeubles de Denver, découpés sur l'horizon.

J'ai toujours été chez moi, ici. J'y serai toujours chez moi. Les montagnes qui se dressent derrière la ville m'apportent une sorte de paix. Je ne suis même pas particulièrement fan de randonnée, mais leur présence constante est rassurante. Elles sont là, et elles y resteront.

Le trafic est fluide, si tôt le matin. En un rien de temps, je me gare au pied de l'immeuble de Jackson.

Chaque étage que franchit l'ascenseur me laisse plus nerveuse que le précédent.

Tu ne fais que lui venir en aide. C'est ton meilleur ami, ça ne veut rien dire.

Bon, c'est aussi le gars dont tu es amoureuse depuis le lycée.

Mes pensées se mélangent et ne font rien pour calmer mes nerfs. Mes paumes se couvrent de sueur lorsque l'ascenseur indique être arrivé, et je ralentis avant d'atteindre l'appartement de Jackson.

Tu vas y arriver, Tenley. Les maternelles ne te font pas peur, tu n'as rien à craindre de Jackson.

Prise d'une résolution nouvelle, je frappe à la porte.

— C'est ouvert, crie sa voix étouffée par les murs qui nous séparent.

J'entre dans l'appartement obscur. Le peu de soleil qui pointe par la fenêtre illumine un tas sur le canapé, qui s'avère être Jackson.

— Tu es comme ça depuis combien de temps ? lui demandé-je en laissant tomber mon sac au sol pour m'approcher de lui.

Ses cheveux bruns pointent dans tous les sens, comme s'il avait passé ses mains dedans toute la nuit en espérant soulager la douleur de sa jambe. Sa barbe a encore poussé depuis la veille.

— Quelques heures. Je ne voulais pas t'appeler trop tôt, répond-il en plissant les yeux dans ma direction.

— Je serais venue, peu importe l'heure, dis-je doucement en lui adressant un petit sourire.

— Tu es une super amie, Tenley.

Je retiens de justesse une grimace. Quand je me fais des idées, Jackson ne tarde pas à me remettre à ma place.

— Bon, alors, qu'est-ce que je peux faire pour toi ?

— Le docteur a dit qu'il me fallait de la glace et de l'Ibuprofène.

Je tape dans mes mains en partant vers la cuisine.

—Je m'en occupe.

L'air froid qui s'échappe du congélateur apaise la chaleur de ma peau. C'est un effet systématique quand je suis à proximité de Jackson.

Je trouve ce dont j'ai besoin et retourne au chevet de l'individu en question.

— Tiens, voilà de la glace. J'espère que ça t'aidera.

Jackson émet un grognement quand je pose la pochette sur son genou.

— Merde. Je te recommande de ne pas te faire d'entorse du ligament croisé. Putain, qu'est-ce que ça fait mal.

— Qu'est-ce que je peux faire d'autre ?

Il avale un cachet d'Ibuprofène pendant que je maintiens la glace en position, et son visage se tord de douleur.

— Remonte le temps à la recherche du gars qui s'est

dit que ce serait une super idée d'organiser un match amical contre Vegas et dit lui d'aller bien se faire voir ?

Je lève les yeux au ciel.

— OK, pardon, qu'est-ce que je peux faire d'autre dans cet univers ?

— Me masser la tête ? demande Jackson avec une petite moue et l'air le plus pathétique que je ne lui ai jamais vu.

Je lui souris et fais le tour du canapé en veillant à ne pas cogner sa jambe avant de relever sa tête. Jackson laisse échapper un gémissement quand mes doigts se glissent dans ses boucles brunes. Je dois lutter pour ne pas en faire de même en sentant à quel point ses cheveux sont doux et épais.

Je n'ai jamais touché Jackson comme ça. D'une manière aussi intime. Comme si le contact que je lui offrais était rassurant. Il a toujours eu Rachel pour ça. Mais là, c'est contre mes mains qu'il presse sa tête, comme pour en demander plus.

— Tu savais que je n'ai pas toujours voulu être *kicker* ? me demande-t-il soudain en ouvrant un œil pour me dévisager.

— Ah bon ? C'est vrai ?

— C'est les *quarterbacks* qui ont toute la gloire, dit-il avec un hochement de tête. Mais un soir, je me souviens, je rentrais avec Gabby et toi, elle n'arrêtait pas de parler d'un mec de l'équipe de foot, et je voulais t'impressionner.

— Pourquoi est-ce que tu ne m'as jamais raconté ça ?

Un petit rire m'échappe, mais je ne fais rien pour dissimuler le choc dans ma voix.

Il voulait m'impressionner ?

— Je ne pensais pas que c'était très important. Et puis, tu as commencé à sortir avec ce petit con juste après.

— Brad n'était pas un petit con.

J'étais sortie avec lui quand Rachel et Jackson s'étaient mis ensemble. Je ne supportais pas de voir leur couple, donc j'avais sauté sur la première occasion.

Jackson lève vers moi un regard entendu.

— Il t'a lâchée au bal de promo, Tenley. Il a trop bu et s'est vomi dessus. Ce qui en fait un petit con à mes yeux.

— Ça s'est plutôt bien terminé, finalement, dis-je en souriant à ce souvenir. J'ai pu danser avec toi, à la place.

Le coin de la bouche de Jackson se relève légèrement. Je profite du fait qu'il a refermé les yeux pour dévorer son visage du regard. Ses sourcils épais, ses cils si longs qu'ils touchent ses joues. Une poignée de taches de rousseur, à force de jouer sous le soleil. La légère barbe sombre qui recouvre sa mâchoire.

— Je déteste danser.

— Je sais, dis-je en posant ma main à plat sur sa tête. Et pourtant, c'était la meilleure danse qu'on m'ait accordée de toute cette soirée.

— Je n'aurais fait ça pour personne d'autre.

Mon cœur se serre à ces mots. Que se serait-il passé, cette fameuse nuit de notre baiser dans le placard, si je n'avais pas dû rentrer chez moi ? Est-ce que ç'aurait été moi, sa copine, et non Rachel ? Notre relation aurait-elle été semblable à la leur ? Est-ce qu'on se serait simplement tolérés, sans vraiment s'aimer ?

Inutile de réfléchir à tout ça. J'ai de la chance d'avoir Jackson dans ma vie, même en tant qu'ami.

— Tu es quand même heureux d'être devenu *kicker* ? demandé-je en ramenant de force mes pensées vers ce territoire plus neutre, sans cesser de passer mes mains dans ses cheveux.

— Oui. En fait, je ne suis pas terrible en lancer, je n'aurais pas réussi à faire carrière si j'avais été *quarterback*.

— Par contre, tu passes à côté de toute la gloire, plaisanté-je.

Jackson ouvre les yeux, et la force de ses iris bruns me fait l'effet d'un coup de poing dans le ventre. Je pourrais m'y perdre, si je me laissais faire. Mais je ne peux pas. Parce que je ne suis rien de plus qu'une amie pour lui.

— Je pense que j'ai eu une sorte de gloire différente.

— Comment ça ?

— Si je n'étais pas devenu *kicker*, je ne pense pas que j'aurais été accepté à Denver. Et j'adore être le gamin du coin qui finit par jouer pour l'équipe qu'il soutenait quand il était petit.

— Est-ce que tu t'inquiètes à l'idée d'être transféré dans une autre équipe, parfois ? lui demandé-je en interrompant brièvement le massage.

— Pas jusqu'à cette année, non.

— À cause de ton genou ?

— J'ai un contrat à l'année, explique-t-il en hochant la tête. Si jamais mon remplaçant fait un meilleur boulot que moi, je pourrais être viré de l'équipe avant même que l'encre n'ait eu le temps de sécher sur les papiers de transfert.

— Tu fais partie des *kickers* les plus fiables de la Ligue. Ils seraient fous de te transférer.

— J'apprécie la confiance que tu me portes, Tenley, mais le football américain reste un business. Si ma performance n'est pas à la hauteur, ils ont tout à fait le droit de se débarrasser de moi.

J'ignore la douleur qui me serre la poitrine à l'idée de l'imaginer loin de Denver. Je sais bien que Jackson a eu énormément de chance d'être recruté par l'équipe locale. J'adore cet endroit et je n'ai aucune intention de déménager. La seule pensée de pouvoir être transféré sans plus de cérémonie à cause d'une blessure et malgré des années de loyauté me donne la nausée.

— Ne te prends pas la tête.

— Quoi ?

Je hausse les épaules, inutilement puisque ses yeux sont à nouveau fermés.

— Je te connais, réplique Jackson. Tu n'arrives pas à t'imaginer partir, encore moins parce qu'une équipe t'aurait virée sans hésitation.

— Je suis si prévisible que ça ? dis-je en riant.

Jackson ajuste sa position, passe son bras par-dessus ma jambe. Ma peau se couvre de chair de poule en sentant la chaleur de son corps.

— On a passé la moitié de nos vies ensemble, quand même.

— Et pourtant, c'est aujourd'hui que j'apprends que tu voulais être *quarterback*.

— Tous les enfants veulent être *quarterback*. Qui ne rêve pas d'être Peyton Manning ?

— Pense à tous les coups que tu te serais pris. Tu ne jouerais plus pour la Ligue depuis longtemps.

— Je n'ai que vingt-sept ans. J'aurais encore de belles années devant moi, même si j'étais QB. Mais je suis heureux de ma situation.

— Pour ma part, je suis ravie que tu sois *kicker*. Je m'inquiète moins pour toi. Enfin, maintenant je vais devoir me faire du souci chaque fois que vous jouerez contre Vegas.

Jackson serre brièvement mon genou et mon ventre se remplit de papillons.

— Ils sont connus pour être une équipe de mauvais joueurs. Pas la peine de t'inquiéter pour ça.

— C'est pour toi que je m'inquiète, dis-je soudain, la vérité s'échappant de moi sans mon autorisation. Je m'inquiéterai toujours pour toi.

— J'ai de la chance de t'avoir, sourit Jackson. Au cas où je ne l'aie pas déjà dit, merci.

— Tu n'as pas à me remercier d'être ton amie.

— Je suis sérieux. Je peux compter sur les doigts d'une main les gens qui lâcheraient tout pour me venir en aide. Il y en a quatre, exactement. Et deux d'entre eux ne sont pas sur le bon continent.

— Comment va ton frère ?

— Aussi bien qu'on peut s'y attendre. Il est épuisé de passer son temps à courir après un gamin de deux ans, mais il adore.

— Tu crois que tu auras des enfants, un jour ?

— Ouah, c'est profond comme discussion, ça, Tenley.

— Vous n'avez jamais évoqué le sujet, avec Rachel ?

Je baisse les yeux vers lui d'un air entendu

— Jamais, répond Jackson avec un souffle amusé. Elle était trop préoccupée par sa petite personne pour se soucier de quoi que ce soit d'autre. Et moi, je n'ai jamais détourné mon attention du football américain, donc toute cette discussion n'a jamais eu lieu d'être.

— Mais si tu pouvais, tu en aurais ?

Je ne sais pas pourquoi, mais j'ai besoin de connaître sa réponse. Je retiens ma respiration tandis qu'il réfléchit.

— Peut-être, quand ma carrière sera terminée. Après quelques victoires au Super Bowl. Mais pourquoi s'inquiéter maintenant d'un futur si lointain ?

Il aurait aussi bien pu faire éclater d'un coup d'aiguille le ballon de mes illusions. Je suis son amie. Je ne serai jamais plus. Ce n'est pas le fait d'être ici, avec lui, à l'aider, qui changera ses sentiments.

Des amis, rien de plus.

Il est grand temps que je reprenne le contrôle de ce que je ressens pour Jackson, et que je m'en débarrasse. Nous n'avons pas d'avenir ensemble. Plus vite j'en prends vraiment conscience, plus vite je durcis mon cœur, et mieux je me porterai.

Des amis, rien de plus.

Si je le répète encore un millier de fois, je finirai par y croire.

Chapitre Six

JACKSON

Jackson

CETTE SEMAINE A ÉTÉ la plus longue de ma vie. Je deviens fou à force de devoir me reposer sur quelqu'un d'autre pour le moindre aspect de ma vie. Bien sûr, je suis extrêmement reconnaissant à Tenley d'être venue m'aider. Mais je voudrais bien ne pas dépendre d'elle à ce point.

J'espère que les médecins et entraîneurs de l'équipe, que je dois voir aujourd'hui, vont m'autoriser à bouger un peu.

— Le rendez-vous est censé durer combien de temps ? demande Tenley en refermant délicatement derrière moi.

— Tu peux claquer la portière, ça ne me fera pas plus mal au genou.

— Je préfère ne pas prendre de risque, dit-elle avec une grimace. Tu es un chargement précieux.

— Pas plus d'une heure ou deux, normalement, continué-je avec un sourire. J'espère que les nouvelles seront positives et qu'ils me donneront quelques exercices physiques à faire.

— Ce ne serait pas dangereux ?

La voiture quitte le garage souterrain et s'engage dans la ville fourmillante d'activité, en direction du site d'entraînement de l'équipe.

— Non, pas du tout. Je n'aurais pas le droit d'en faire trop aussi rapidement.

— Comment se débrouille ton remplaçant ? Je crois que je ne le connais même pas.

— Stevens. Il est **OK**. C'est un petit nouveau, je réponds en jetant un coup d'œil rapide à Tenley, qui conduit avec un léger sourire.

— Aucune chance qu'il prenne ta place, alors ?

— Je n'ai pas dit ça. Mais si je m'en sors sans plus d'ennuis ces prochaines semaines, je ne devrais rien avoir à craindre.

Par contre, ces quelques semaines vont être longues. J'ai profité de mon immobilité forcée des derniers jours pour chercher sur internet les meilleures techniques pour rééduquer un ligament croisé abîmé. Ce qui en ressort, c'est que ça va faire mal. Je ne peux pas m'imaginer m'en sortir tout seul.

Et je prie très fort pour qu'il n'y ait pas de contretemps.

— Tu m'appelles quand tu as fini ?

La voix de Tenley m'arrache à mes pensées vagabondes. Le trajet est passé à une vitesse folle.

— **OK**. Tu m'aides à descendre ? demandé-je en battant des cils, même si je sais bien que ce n'est pas nécessaire.

— Pas la peine de passer en mode Jackson le charmeur. Ce n'est pas comme si tu pouvais le faire tout seul, de toute façon.

— M'en parle pas.

Tenley fait le tour de la voiture et lutte pour me sortir du véhicule sans bousculer ma jambe blessée, une manœuvre rendue délicate par sa petite stature.

— Depuis quand est-ce que tu pèses si lourd ? souffle-t-elle lorsque je m'appuie contre elle, ce qui est plus facile pour moi que les béquilles auxquelles je ne suis pas habitué.

— C'est sûrement tout ce lait que j'ai bu à la fac, dis-je avec un clin d'œil.

— Oui, certainement, répond-elle avec un éclat de rire tout en me guidant d'un pas boitillant jusqu'à l'intérieur.

— Jackson. Comment te sens-tu ? me demande immédiatement le médecin, qui nous attendait dans l'entrée.

— Pas au top, pour être honnête.

Il me donne une tape sur l'épaule.

— Bon, on va te faire une radio pour voir où ça en est.

— À tout à l'heure, je lance à Tenley.

Quand je baisse les yeux vers elle, son visage est couvert d'une expression nerveuse.

— Oui. J'espère que tout se passera bien.

Elle me serre rapidement contre elle avant de sortir.

Quand je suis le docteur jusqu'à la salle d'entraînement, j'ai l'impression qu'on me mène à mon exécution.

***

– BONNE NOUVELLE, Jackson, me dit le docteur en revenant dans la pièce, accompagné de Paige, notre entraîneur. La guérison progresse bien. Je te renvoie à Paige, elle te fera bouger un peu.

— On va commencer par quelques exercices de renforcement, mais il faudra veiller à ne pas en faire trop, prévient Paige en m'adressant un regard entendu.

J'expire d'un coup, prenant conscience du soulagement que m'apporte cette nouvelle.

— Super. C'est vraiment super.

— Je sais que c'est difficile de ne pas utiliser ta jambe, mais c'est essentiel. Et ce n'est pas fini.

Mes lèvres se soulèvent en un petit sourire. Si ça n'avait tenu qu'à moi, j'aurais passé la semaine entière à boitiller d'un côté à l'autre de mon appartement.

Tenley n'a pas été dupe. Dès que j'avais besoin de quelque chose, elle était là. Je ne pouvais pas lever le petit doigt sans qu'elle apparaisse à mes côtés. Sans elle, j'aurais probablement déjà déchiré ce foutu ligament depuis longtemps.

— Alors, j'ai droit à quel genre d'exercice ?

— Tu vas devoir t'asseoir sur un lit ou un canapé et étendre la jambe avant de la ramener vers toi, explique Paige en me faisant une démonstration.

— C'est tout ?

C'est trop simple. Je pourrais le faire dans mon sommeil.

Paige secoue la tête.

— Vous, alors. Les joueurs de football américain sont tous les mêmes, à penser être invincibles. Ton corps se remet d'une blessure grave. Si tu y vas trop franchement, ça te fera plus de mal que de bien. C'est ça que tu veux ?

— Non, grogné-je, sa réprimande ayant fait son effet.

— C'est bien ce que je pensais, dit-elle en s'approchant pour poser la main sur ma jambe. Bien, tu vas faire ce mouvement par séries de dix. Trois séries maximum par jour.

Je reste muet, même si je pense pouvoir faire bien plus que ça. Ma détermination ne dure pas, puisque la première extension suffit à me donner l'impression que quelqu'un a posé un fer brûlant sur mon genou.

— Merde.

— Pas si dur à cuire, finalement, hein ? remarque Paige avec un sourire narquois.

— Pourquoi est-ce que ça fait aussi mal ? je lui demande en baissant la jambe.

— Encore neuf.

Chaque répétition se passe mieux que la précédente, mais mince, je ne me souviens pas avoir déjà fait quelque chose d'aussi douloureux. Mon front est couvert de sueur quand la série s'achève enfin.

— Et donc je dois faire ça encore deux fois ? fais-je, si essoufflé qu'on croirait que je viens de courir sur dix kilomètres.

— Tout à fait. Mais sans enchaîner, répartis tes séries sur la journée. Je ne veux pas que tu en fasses trop d'un coup.

La porte de la pièce grince et Tenley passe sa tête dans l'ouverture.

— Le docteur a dit que je pouvais entrer. Comment ça se passe ?

Sa voix enjouée est un vrai baume.

— Bien, à part que Paige essaie de me tuer via extensions de jambe.

— Il a toujours été comme ça ? demande Paige à Tenley en ignorant complètement ma remarque.

— Oui.

— Non, je m'exclame en même temps. C'est même pas vrai, ajouté-je en grommelant.

— Il a toujours été têtu. Mais je m'assurerai qu'il n'en fasse pas trop.

Paige se présente à Tenley, et elles se mettent à discuter comme si je n'étais pas là. Tenley pose des questions auxquelles je n'aurais même pas pensé.

— Et son prochain rendez-vous, c'est pour quand ?

D'ici là, est-ce qu'il doit faire autre chose, à part les exercices ?

Paige secoue la tête.

— Non, c'est tout pour le moment. On va lui caler un rendez-vous de suivi la semaine prochaine. Si tout est en ordre, il pourra retourner à la salle de muscu. Les gars ont hâte de te retrouver sur le terrain, termine-t-elle en se tournant à nouveau vers moi.

Le premier match de la présaison a lieu ce week-end. Les joueurs chevronnés n'y font généralement que de brèves apparitions. C'est plutôt l'occasion pour les nouveaux de trouver leur place au sein de l'équipe. Et pour la première fois depuis le début de ma carrière professionnelle, je ne serai pas là pour enfiler mon maillot avec eux. Et ça, c'est chiant.

— Pas autant que moi, je te le garantis.

— Bien. On en reste là pour aujourd'hui, mais n'oublie pas tes exercices. Encore deux séries, et c'est tout. Sers-toi de tes béquilles, et garde l'attelle une fois que tu auras fini tes extensions. Ne t'acharne pas, et ne pense pas une seconde que tu en sais plus que moi. Crois-moi, c'est faux.

Tenley retient un rire et me regarde attraper mes béquilles.

— Je ne ferais rien d'aussi stupide, lui assuré-je.

— J'y veillerai, ajoute Tenley.

Je la suis hors de la pièce, jusqu'à l'extérieur.

— Putain. J'ai l'impression d'être un bébé girafe qui apprend à marcher, avec ces trucs.

Les béquilles me gênent. Je dois plier la jambe pour pouvoir les utiliser, et chaque pas en avant est bancal.

— Viens là, m'ordonne Tenley en s'arrêtant de marcher.

Elle écarte une béquille et se glisse à sa place, entourant

ma taille de son bras. Petite comme elle est, c'est plus facile pour moi de reposer mon poids sur elle.

— C'est mieux ? demande-t-elle.

Je baisse le regard vers elle, et, l'espace d'un instant, j'oublie complètement la situation. Les yeux bleus de Tenley brillent sous le soleil. Ils sont parsemés de minuscules taches de vert. C'est marrant, je n'avais jamais remarqué.

Tenley n'a jamais été bien loin. Elle a toujours fait partie de ma vie. Dans la plupart de mes souvenirs, du lycée jusqu'à aujourd'hui, elle est là.

Comment ça se fait, alors, que je n'ai jamais fait attention à ses yeux auparavant ? Ou à son sourire quand elle me regarde, ce sourire qui pourrait illuminer la journée la plus sombre ?

Je secoue la tête, chassant ces pensées. J'ai passé une semaine perturbante, entre la blessure et Rachel. C'est sûrement ça. Trop de changement d'un coup, et le fait d'être dépendant de quelqu'un d'autre, m'a embrouillé le cerveau.

C'est Tenley.

Ma meilleure amie.

Rien ne changera jamais cette relation.

Pas même une ou deux réflexions fugaces sur sa beauté.

Merde.

Ces prochaines semaines vont être bien longues.

Chapitre Sept

TENLEY

— Tenley ? appelle Jackson quand j'ouvre la porte, les bras chargés de courses.

Je l'ai déposé à son appartement après son rendez-vous médical, et je suis partie au supermarché. Je me demande pourquoi j'ai été surprise de voir qu'il n'avait presque rien à manger dans ses placards.

— Ce n'est que moi, lancé-je en traversant le salon, où Jackson est occupé à faire rebondir une balle de tennis contre le mur. Comment ça se passe de ton côté ?

— Tu savais que le bâtiment d'en face avait trente-sept fenêtres ?

— De quoi tu me parles, encore ?

Je pose le sac de courses sur l'îlot central de la cuisine avant de retourner au salon.

— Je le vois, d'ici, dit-il en plissant les yeux, le doigt pointé vers l'immeuble sur lequel donne son balcon. Trente-sept fenêtres en tout.

— C'est à ça que tu occupes ton temps quand je ne suis pas là ?

Bam.

La balle arrive à toute vitesse vers Jackson, et je l'attrape au vol.

— Tu sais, tu pourrais jouer en défense, avec tes réflexes.

Le sourire approbateur de Jackson provoque une vague de chaleur dans le creux de mon ventre. Que j'ignore. Comme d'habitude.

— Et moi, je crois surtout que tu commences à perdre la tête.

— Évidemment ! s'exclame-t-il en passant la main dans ses cheveux. Je n'ai pas été obligé de rester assis aussi longtemps d'affilée depuis que je suis gamin.

Je retiens le rire qui menace de m'échapper. Jackson a l'air si abattu, affalé sur le canapé avec sa jambe repliée sur un coussin. Depuis le temps que je le connais, je ne l'ai jamais vu autrement qu'en mouvement, constamment à la recherche de quelque chose à faire. La frustration qui émane de lui est presque palpable.

Je m'assieds sur la table basse, en face de lui. C'est dangereux, de m'approcher autant. J'ai construit une jolie petite boîte étiquetée « Jackson, mon meilleur ami » que j'ai gardée toutes ces années. Mais ce Jackson si vulnérable est parvenu à en entrouvrir le couvercle.

Son odeur. Les reflets dorés dans ses yeux chocolat. Les boucles soyeuses qui tombent sur son front. Ce n'est pas comme si je voulais remarquer toutes ces choses. Et il ne faut pas que je les remarque.

Parce que je suis son amie. Pas plus. J'ai simplement du mal à distinguer les limites à force de vivre avec lui, c'est tout.

Je repousse ces pensées dangereuses et ramène de force mon cerveau vers une zone plus sûre.

— Qu'est-ce que je peux faire pour t'aider à arrêter de compter les fenêtres ?

— Alors là, je n'en sais rien, répond Jackson avec un soupir en laissant retomber sa tête contre le dossier du canapé. J'ai déjà fait tous mes exercices. Je suis censé limiter mes déplacements au maximum. Je ne peux pas faire quoi que ce soit.

— Tu es en pleine guérison. Il vaut mieux ne rien faire que de risquer d'abîmer encore plus ton genou.

Je balaye la pièce du regard à la recherche d'une activité. C'est bien plus facile d'occuper des maternelles qu'un homme adulte.

— Le seul truc que j'ai, c'est ma vieille PlayStation, et je doute que ça t'intéresse, grogne Jackson.

— Ouah, dis-je d'un ton faussement offensé en m'écartant un peu de lui. Tu crois que je n'ai aucune chance contre toi ?

— Sans vouloir te vexer, Tenley, tu es nulle en jeux vidéo, réplique-t-il en me dévisageant des pieds à la tête.

Je le fixe du regard en retour, refusant de détacher mes yeux des siens.

— Tu as une meilleure idée ? je le provoque, les bras croisés, en haussant un sourcil.

— Bon, bon. OK. Mais ne viens pas pleurer quand je t'aurai mis une raclée.

Je me lève et lui tapote l'épaule.

— On verra bien. Tu veux jouer à quoi ?

— Prends celui du jet-ski. Je peux t'apprendre à y jouer.

— Qui a dit que j'avais besoin d'une leçon ?

Je mets le disque dans la console et lui tends sa manette.

Il aboie un rire. Jackson n'a jamais été très à l'aise en public, mais il a toujours été comme ça avec moi. C'est l'inconvénient d'être une figure publique ; les gens passent leur temps à réclamer son attention. On ne sait jamais ce qui est vrai ou faux. J'ai vu Jackson se refermer sur lui-même au cours des années, son sale caractère ressortir plus vite qu'avant. Mais quand il se met à rire comme ça ? J'ai l'impression qu'une flamme me réchauffe de l'intérieur.

— Madame la maîtresse d'école pense qu'elle sait tout sur tout, hein ? dit-il en cognant son épaule contre la mienne quand je m'assieds près de lui.

— Je ne suis pas si mauvaise que tu as l'air de le penser.

Jackson démarre le jeu et nous choisissons chacun un personnage. Je m'appuie contre l'accoudoir, laissant suffisamment d'espace entre nous pour ne pas me laisser distraire par son odeur.

Car c'est bien l'effet qu'a sur moi cette nouvelle proximité. Tout est distrayant.

Avant, c'était plus facile, parce que je finissais par rentrer chez moi, et lui partait rejoindre Rachel. Mais maintenant qu'il est immobilisé, on est coincés ensemble. Je ne saurais pas dire si j'ai déjà passé autant de temps avec lui d'un coup.

Toutes les défenses que j'ai soigneusement construites pour tenir mes sentiments à distance sont en train de s'écrouler les unes après les autres. Alors qu'elles sont nécessaires, et même essentielles pour que je ne finisse pas avec le cœur brisé.

— Allô, la terre à Tenley ! Tu as toujours été aussi rêveuse ?

Jackson claque des doigts devant mon visage et m'arrache à mes pensées tourbillonnantes.

— Je réfléchissais simplement à la meilleure manière de te battre, répliqué-je en forçant sur la légèreté de ma voix, priant pour que cela suffise à détourner son attention.

— Tu es prête ? demande-t-il.

Je détourne les yeux et me redresse, concentrée sur l'écran de la télévision.

— Et toi ?

Jackson lance la course.

— T'en fais pas, je serai sympa.

— Où est-ce que tu as appris à jouer comme ça ? s'énerve Jackson en jetant sa manette sur le canapé.

Je suis incapable de retenir un sourire satisfait tandis que je réajuste ma position sur le canapé en ramenant mes pieds sous mes cuisses. Le soleil est couché depuis longtemps, et le salon baigne dans l'ombre du soir.

— J'ai des neveux. J'ai retenu quelques trucs, avec le temps.

— Si j'avais su, je ne me serais pas montré aussi gentil.

— Pauvre petit Jackson, il a perdu, susurré-je avec une fausse moue. C'est un coup dur pour ton ego ?

— Je veux ma revanche, grogne-t-il.

— J'avais oublié à quel point tu étais mauvais perdant, dis-je en poussant légèrement son épaule.

— C'est pas vrai ! s'écrie-t-il.

— Ah oui ?

Je m'appuie à nouveau sur l'accoudoir et hausse un sourcil.

Jackson hoche la tête, et le geste me rappelle celui de mes élèves de maternelle.

— C'est pas être mauvais perdant quand on partait pas sur un pied d'égalité à la base.

— OK. Va pour la revanche.

J'attrape sa manette et la plante dans sa main. Il m'attire près de lui. La lueur dans ses yeux réveille les papillons dans mon ventre.

— Tu veux qu'on parie ?

— Tu as une idée en tête ?

— Le perdant cuisine tous les repas de la semaine, annonce Jackson avec toute l'assurance d'un homme dont la victoire est acquise.

— Pas sûre que le pari soit vraiment juste si tu n'as pas le droit d'utiliser ta jambe.

Jackson me lâche et je retourne à la sécurité de mon propre coussin.

— Et après cette remarque, on passe à deux semaines, commente-t-il.

Avant même que je ne saisisse ma manette, Jackson a lancé la course.

— Hé ! Tu triches !

— On n'a jamais dit qu'on n'avait pas le droit, réplique-t-il, la langue entre les lèvres, entièrement concentré sur le jeu.

Puisque c'est comme ça… Je me lève brusquement du canapé pour venir me placer devant Jackson, bloquant sa vue de l'écran.

— Hé ! C'est pas juste !

— On n'a jamais dit qu'on n'avait pas le droit, je lance en lui répétant ses propres mots.

Un bras puissant s'enroule autour de ma taille et m'attire directement sur les genoux de Jackson.

— Ta jambe…

— Va très bien, m'interrompt-il en me regardant droit dans les yeux.

Son bras n'a pas bougé, ses doigts s'enfoncent dans la peau douce de ma taille. Un éclat traverse son regard, si bref que je l'aurais manqué en clignant des yeux.

Du désir ?

Jackson aurait-il des sentiments pour moi ? Je n'ai pas été assez rapide pour empêcher cette pensée de s'installer. Il a toujours été une des deux moitiés d'un couple. Jackson et Rachel, Rachel et Jackson. Là où allait l'un, l'autre suivait.

Mais maintenant qu'elle n'est plus là, est-ce qu'il commencerait à ressentir quelque chose pour moi ? Tout ce que je sais, c'est qu'il ne m'avait jamais regardée comme ça. Je frissonne rien qu'en y repensant.

— Match nul, OK ?

En entendant la voix rauque de Jackson, je saute hors de son étreinte, immédiatement déçue de perdre la chaleur de son corps. Je hoche la tête.

— Pas de gagnant tant qu'on ne joue pas fair-play, acquiescé-je.

Je passe une main dans mes cheveux et agite l'autre derrière moi.

— Bon, je vais nous commander une pizza, je te dirai quand elle sera livrée.

Jackson reste immobile, les yeux fixés sur sa manette.

— Parfait.

— Parfait.

Et tant qu'on y est, je vais aussi faire tout mon possible pour oublier la sensation d'être assise sur les genoux de Jackson.

Parce que si je ne fais pas plus attention, j'en voudrai plus.

Et ça, ce serait dangereux.

Chapitre Huit

JACKSON

— Hé, mais qui voilà ?

Je me redresse en entendant la voix d'Alex.

—Je pensais pas te revoir ici aussi vite, continue-t-il.

— Ça fait déjà deux semaines, répliqué-je en m'essuyant le front.

Ce matin, Paige m'a donné le feu vert pour faire quelques séries en salle de muscu.

— De bien longues semaines. Tu nous manques, mec, dit Alex en me tapant l'épaule avant de se diriger vers le banc. Tu peux m'assurer ?

Je hoche la tête et attrape ma bouteille pour boire une longue gorgée.

— L'équipe avait l'air en forme, ce week-end.

— La présaison, c'est jamais bien compliqué, répond Alex avec un geste dédaigneux. Par contre, ça craint pour le *quarterback* de Tampa.

— Est-ce que ça fait de moi une personne horrible si je dis que je suis content de ne pas être à sa place ?

Je me mets en position au-dessus du banc de musculation tandis qu'Alex commence sa série. C'est une pause bienvenue de mon propre entraînement.

— Mieux vaut lui que moi, je suis d'accord. Je n'ai jamais vu un bras se tordre comme ça, commente-t-il en frissonnant.

— Il va lui falloir du temps pour s'en remettre.

Alex repose les haltères sur leur support et se redresse.

— En parlant de ça, comment va ton genou ?

— De mieux en mieux. Par contre, le moindre échauffement me coupe le souffle direct.

— Je me sens comme ça après chaque plaquage, fait Alex en riant. Pas facile, hein ?

C'est une des choses que je préfère à Denver. L'équipe est une grande famille. Pas d'ego démesuré, personne ne se croit meilleur que les autres. Alex Sinclair et moi avons commencé en même temps, il y a cinq ans. On était dans la même chambre lors de notre tout premier camp d'entraînement, et c'est un de mes plus proches amis depuis.

— Rachel s'occupe bien de toi ? demande-t-il d'une voix pleine de mépris.

Il ne l'a jamais vraiment appréciée.

— On n'est plus ensemble.

— Pour l'instant, dit-il en levant les yeux au ciel.

— Non, pour de bon.

Il se rallonge sur le banc, prêt à entamer une nouvelle série.

— Tu m'excuseras de ne pas te croire. Ce n'est pas la première fois.

— Elle n'a pas pu gérer. De m'aider quand je ne pouvais pas marcher. La rééducation. Donc je l'ai quittée.

— T'es sérieux ? s'exclame Alex en soulevant ses haltères.

— Tout à fait sérieux. C'est Tenley qui s'occupe de moi.

— Ah oui ? Et comment ça se passe ?

— Plutôt bien.

— Conneries, fait-il en terminant sa série. Pour de vrai, comment ça se passe ?

Je me dirige vers un tapis de sol et m'assieds pour me consacrer à mes étirements. Pas la peine de faire tout ce travail si c'est pour me blesser à nouveau.

— C'est bizarre. Elle a toujours fait partie de ma vie, mais il s'est passé un truc l'autre jour.

Alex agite la main pour m'encourager à développer.

— Depuis quand est-ce que tu t'intéresses autant aux ragots ?

— Depuis que tu as quitté Rachel et que tu as l'occasion de sortir avec une fille sympa, pour une fois.

— Personne n'aimait Rachel, en fait, dis-je d'une voix tendue.

— On voyait bien que tu n'étais pas heureux. Jamais vu un enfoiré aussi grincheux que toi.

— Hé bah, merci.

— Je suis sérieux, dit-il en levant une main en signe d'apaisement. Je pensais que tu serais insupportable vu ta blessure, mais pas du tout. C'est étonnant. Et je ne peux que mettre ça sur le compte de Tenley.

Je serais bien incapable de cacher mon sourire. Le simple fait de repenser à l'autre jour, quand on jouait à la console, fait monter en moi des sentiments que je n'avais jamais éprouvés envers elle.

— Tu vois ? Ça, là, remarque Alex en me désignant du doigt. Ton sourire d'imbécile heureux. Alors, il s'est passé quoi ?

— On jouait à la PlayStation, et il y a eu un truc.

— Arrêtez tout. Il y a eu un truc, plaisante-t-il.

— Je te jure, dis-je en passant la main dans ma barbe croissante. D'un coup, je me suis mis à la regarder comme si ce n'était plus simplement Tenley, mais une femme. Une femme carrément sexy, même. Tu vois ce que je veux dire ?

Alex ne répond rien. Ce n'est pas particulièrement inhabituel de sa part, mais un éclat dans son regard me pousse à l'interroger à mon tour. Je n'en ai pas l'occasion.

— Et alors, tu vas faire quoi ? relance-t-il.

— Alors là, aucune idée.

Tenley est ma meilleure amie. Est-ce que je pourrais tenter quelque chose, si je le voulais ? Et elle, que ressent-elle pour moi ? Vu la manière dont elle me regardait l'autre jour, je dirais qu'elle n'y serait pas opposée. Mais je ne suis pas certain d'avoir envie de prendre le risque.

— Écoute. C'est pas facile de sortir de sa zone de confort, j'en sais quelque chose. Mais… Et si tu passais à côté d'un truc super juste parce que tu as peur ?

— Regardez-moi ce capitaine avec ses bons conseils, plaisanté-je en riant pour tenter de cacher ma nervosité.

— Fais-en ce que tu veux. Bon, tu m'aides à finir, ou c'est tout pour toi ?

Je secoue la tête.

— Je vais en rester là. Je voudrais pas en faire trop, et il faut encore que j'aille mettre de la glace sur mon genou avant de partir.

— Je peux te donner un deuxième conseil ? demande Alex en tendant la main pour m'aider à me relever.

— Peut-être.

— Rase-toi. T'as l'air d'un yéti.

— Enfoiré, dis-je en le repoussant.

En réalité, je suis heureux d'être de retour. D'être avec mes coéquipiers. J'ai pleinement conscience du fait qu'ils me manquent, tous. J'adore le jeu, bien sûr, mais le meilleur aspect de mon sport a toujours été l'équipe. Ça fait du bien de savoir qu'ils ne m'oublient pas, même si je suis sur le banc de touche.

Sur le chemin de mon appartement, j'ai le pas plus léger en sachant que Tenley m'y attend. Je n'ai jamais eu autant envie de me dépêcher de rentrer après un entraînement.

Ça devrait être un signe plutôt clair quant à mes sentiments, mais tout se mélange dans ma tête, à l'instant. Je vais attendre d'être de retour sur le terrain. Peut-être qu'alors, j'obtiendrai enfin la clarté dont j'ai besoin.

C'est un problème pour un autre jour. Un problème que je laisse le soin à un futur Jackson de régler.

Chapitre Neuf

JACKSON

— Merde.

Un éclair de douleur remonte dans ma jambe, et le rasoir que je tenais me tombe des mains. Cela m'aurait inquiété si Paige ne m'avait pas prévenu que ce genre de désagrément était tout à fait commun pendant la période de reconstruction du muscle.

— Qu'est-ce que tu fabriques ?

Tenley est apparue dans l'encadrement de la porte de la salle de bain.

Je baisse la tête et respire profondément en attendant que la douleur se calme.

— Ça ressemble à quoi ?

Elle croise les bras et me fixe d'un regard sévère. La posture de la maîtresse d'école, j'appelle ça. Mais au lieu d'être poussé à m'excuser, j'ai envie de me battre.

— On m'a dit que j'avais une tête de yéti, donc je me suis dit que j'allais me raser. Mais je n'y arrive pas. C'est pas comme si je m'étais cassé les bras, putain.

Je passe la main dans mes cheveux, frustré. Je déteste cette sensation d'être incapable de faire quoi que ce soit.

— Assieds-toi, m'ordonne Tenley en s'approchant.

Je m'assieds sur le rebord de la baignoire, et la douleur dans mon genou est immédiatement plus tolérable.

— Je déteste ça, murmuré-je en laissant tomber ma tête contre la vitre de la douche.

Elle ne répond pas. J'entrouvre un œil à temps pour la voir étaler de la mousse à raser sur mon visage.

— Il n'y a rien de mal à demander de l'aide, Jackson.

— Mais j'ai l'impression de ne faire que ça. Je déteste devoir me reposer sur toi tout le temps.

Je soupire. Cet après-midi, avec Alex, je n'avais aucun problème. Mais à l'instant, la douleur sourde de ma jambe ne fait que me rappeler tout le chemin qu'il me reste à faire. Et le fait que je suis incapable d'effectuer une tâche des plus basiques tout seul.

— Je ne serais pas là si je n'étais pas prête à t'aider, répond Tenley, son souffle chaud caressant ma peau tandis qu'elle fait glisser le rasoir sur ma joue. Heureusement pour toi, j'ai l'habitude de gérer les enfants obstinés.

Je ferme les yeux et me contente de l'écouter. C'est très relaxant. Le bruit d'éclaboussures dans le lavabo, le murmure du rasoir sur mon visage. Les jambes nues de Tenley frôlent les miennes. Mes doigts se déplacent d'eux-mêmes, remontent sur la peau douce de ses cuisses.

— Tourne-toi vers moi.

J'ouvre les yeux et lui fais face. Son visage habituelle-ment serein est crispé, comme si elle luttait contre quelque chose. Je l'attire encore plus près, refusant de la lâcher.

Sa peau est chaude, si chaude qu'une étincelle surgit en moi au moindre contact. Ses doigts parcourent délicate-ment mon visage. Cette caresse pourtant légère suffit à faire poindre sous mon short un problème certain, que je tente de dissimuler en réajustant ma position.

C'est quoi, ce bordel ? Ça ne m'est jamais arrivé avec elle.

C'est Tenley.

Cela commence à faire beaucoup de signes. On a toujours été amis, qu'est-ce qui se passe, tout à coup ?

Mes doigts remontent encore, frôlent le bas de son short. Elle a un petit hoquet qui ne m'échappe pas.

Je perds le contrôle de mes pensées. Et si je me penchais pour l'embrasser ? Si je l'attirais sur mes genoux, pour qu'elle sente l'effet qu'elle me fait ?

Ses lèvres sont sûrement aussi douces qu'elles en ont l'air. Quels sons s'échapperaient de sa bouche, si je l'embrassais ? Je parie qu'elle est délicieuse.

— Fini, murmure-t-elle, m'arrachant à mes fantasmes.

— Alors, je suis comment ? lui demandé-je en lui adressant mon plus beau sourire.

— Comme mon Jackson, répond-elle en m'essuyant le visage, amusée. Aussi beau qu'à son habitude.

— Grâce à toi.

Je presse légèrement sa cuisse, et elle recule brusquement hors de ma portée.

— Le dîner sera bientôt prêt. C'est ce que j'étais venue te dire, à l'origine.

— D'accord.

— Bon, bredouille Tenley en manquant se prendre la porte en pleine figure dans sa tentative de fuir la pièce. Dîner. Cuisine. Tu me rejoins là-bas.

Sa maladresse me donne envie de rire, ce qui ne fait que confirmer mes sentiments. Et ce que je sais désormais qu'elle ressent aussi pour moi.

Peut-être que notre relation pourrait évoluer.

Mais comment en arriver là ?

Tenley

— Tu es certaine de savoir ce que tu fais ?

Je pousse un soupir sans quitter des yeux la sauce qui menace de déborder de la casserole.

— Oui, Jackson. Ce n'est pas la première fois que je fais la cuisine.

L'odeur qui plane dans la pièce laisse penser le contraire. Depuis que je suis entrée dans la salle de bain pour y trouver Jackson en train d'essayer de se raser, je suis au bord de la crise de nerfs. La sensation de sa main sur ma cuisse restera à jamais gravée sur ma peau, tout comme celle de ses doigts sur l'ourlet de mon short.

J'ai dû faire appel à toute ma volonté pour ne pas lui sauter dessus sur le coup. Jackson est vulnérable. Il est en pleine guérison. Il n'a vraiment pas besoin de se lancer dans une relation sérieuse, à l'instant.

— Tu as besoin d'aide ?

Je me retourne d'un coup et pointe la cuillère en bois vers lui.

— Non. Interdiction de forcer sur ta jambe.

Il accepte sa défaite et lève les mains.

— Je ne faisais que proposer. Par contre, tu devrais peut-être…

Une bulle éclate et recouvre de sauce marinara à la fois le plan de travail et mon T-shirt. Jackson retient un rire tandis que je plaque le couvercle sur la casserole.

— Tout ça, c'est de ta faute.

— Comment ça ? demande Jackson en coupant un petit morceau de pain qu'il lance dans sa bouche.

Au moins, je n'avais rien laissé sur le feu quand je l'ai aidé à se raser.

— Tes casseroles ne font pas la bonne taille. Si on était chez moi, je n'aurais eu aucun souci.

Jackson me sourit. Mon cœur rate un battement, et je lui en veux. Ses sourires ne s'obtiennent pas aisément, et quand c'est à moi qu'il les adresse, je fonds plus vite que neige au soleil.

Je me retourne vers la plaque de cuisson, espérant que la chaleur qui s'en dégage cachera la rougeur de mes joues. Je suis complètement fébrile, et ce n'est pas le dîner qui me met dans cet état. Mes sentiments pour Jackson sont comme une cocotte-minute dont on augmente peu à peu la température chaque jour. Je ne sais pas combien de temps je tiendrai encore avant que ça n'explose.

Et le regard que m'a lancé Jackson dans la salle de bain ? Il aurait suffi à pousser une nonne au péché.

J'éteins le feu avant d'égoutter les spaghettis et de les répartir dans deux assiettes.

— C'est pas cramé, j'espère, dit Jackson en jetant un œil suspicieux à ses pâtes.

Je frappe un de ses pectoraux musclés du plat de la main.

— Bien sûr que non ! C'est la plaque qui sent comme ça. Si tu n'en veux pas, tu n'as qu'à te commander quelque chose.

Jackson fourre une fourchette entière de spaghettis dans sa bouche. Je ne peux pas m'empêcher de suivre du regard le mouvement de sa mâchoire.

— Oh, putain, c'est bon, gémit-il en fermant les yeux.

Mon esprit part immédiatement dans une direction qu'il vaut mieux éviter à tout prix.

— Tu vois ? dis-je d'une voix remarquablement stable. Je t'avais dit que je savais cuisiner.

— Je croyais que tu détestais ça, au lycée.

J'enroule mes spaghettis autour de ma fourchette et prends une bouchée plus raisonnable que celle de Jackson.

— Oui, parce que ma mère m'obligeait à cuisiner au

moins une fois par semaine alors que mes sœurs y échappaient.

— C'est vrai, j'avais oublié, fait Jackson avec un petit rire. Comment ça se fait, que tes sœurs aient été dispensées de corvée de cuisine ?

— Penny était toujours chez des amis, et Nora ne lâchait jamais son copain, expliqué-je en levant les yeux au ciel. J'imagine que ma mère considérait que ses autres filles étaient prises en charge, mais que moi, je mourrais de faim une fois que je serais à la fac.

Jackson lâche sa fourchette et se tourne vers moi, posant le bras sur le dossier de ma chaise. La chaleur qui en émane me brûle la peau. C'est la plus légère des caresses, et pourtant, je la sens dans tout mon corps.

— Tu te souviens de cette fois où je suis venu te rendre visite pendant ma semaine de congé, quand on était en deuxième année de fac ?

— Bien sûr, comment l'oublier ?

— Comment il s'appelait, déjà, ce connard ? demande Jackson, dont le visage s'est assombri.

— Tous mes petits copains n'étaient pas des connards, Jackson, le réprimandé-je.

— On est allés à cette soirée, et il y était déjà, occupé à embrasser une autre meuf, me rappelle-t-il, les yeux durs.

— OK, peut-être que lui, c'était un connard, je murmure.

— Et tu as tellement bu que tu m'as vomi partout dessus.

— Est-ce qu'on peut éviter de parler de ça pendant le repas ?

Ce souvenir me fait grimacer. Cette nuit est floue dans ma mémoire.

— Entre Brad et Mike, tu as détesté tous les mecs avec qui je suis sortie, je poursuis.

Sa main s'avance jusqu'à mon épaule, la serre brièvement.

— Parce qu'aucun d'eux ne te méritait. Tu étais trop bien pour eux.

Mais pas assez bien pour toi, ai-je envie de répliquer.

— Ils n'étaient pas tous si horribles.

— Vas-y, cite-m'en un, ordonne Jackson, qui semble prêt à se battre.

— Dylan.

On était sortis ensemble pendant ma dernière année de fac, avant qu'il ne déménage sur la côte Est. Il était gentil, bien qu'un peu timide.

— Ce pauvre gamin était si nerveux qu'il manquait se pisser dessus dès que tu le regardais, répond Jackson avec un rire moqueur.

— Il était gentil.

— Ce qui ne signifie pas qu'il te méritait, grogne Jackson.

— Puisque c'est toi l'expert, apparemment, qui me mérite, à ton avis ? Avec qui je devrais sortir ? Tu as des gens à me recommander ? demandé-je en haussant un sourcil.

Jackson ouvre de grands yeux.

— Comment on en est arrivés au moment où tu me demandes de te trouver quelqu'un ?

— Tu trouves que je ne sors pas avec les bonnes personnes, alors tu n'as qu'à m'en trouver. Parmi tes coéquipiers, peut-être ?

Je me retourne sur ma chaise et pousse son bras du dossier.

— Jamais de la vie.

— Ah, c'est très mature, ça, Jackson, dis-je en le fusillant du regard, les bras croisés. Pas un seul des mecs de ton équipe ne me mérite, hein ?

— Quand ils parlent de meufs entre eux, les mecs ne sont pas toujours très sympas. J'imagine que ça ne te surprend pas.

Pas le moins du monde.

— Sur un autre sujet que celui de mes ex-copains, comment s'est passé ton rendez-vous médical, aujourd'hui ?

— Je peux commencer à marcher sans béquilles, répond Jackson en levant le poing d'un air excessivement peu enthousiaste.

— Arrête, Jackson. C'est une super nouvelle.

— Je peux faire quelques étirements et marcher. Un enfant de deux ans peut en faire autant.

— Demain, je t'emmène au City Park, dis-je en levant les yeux au ciel. On ira se promener un peu, ça te fera du bien d'être dehors.

— T'es la meilleure, Tenley.

— Et ne t'avise pas de l'oublier.

Chapitre Dix

JACKSON

— Prêt ?

Tenley est à croquer dans son short de sport moulant et son débardeur de l'équipe des Mountain Lions.

Tant que je peux te mater, pas de souci. Mais ce n'est pas ce que je réponds.

— Allons-y. J'aimerais bien faire plus d'un kilomètre dans l'heure.

— Arrête ça, dit-elle en me frappant le bras. On y va doucement. Hors de question que je te laisse te blesser.

L'été est en train de céder la place à l'automne. C'est ma période de l'année préférée, à Denver. Il fait encore chaud l'après-midi, mais avec la brise fraîche qui descend des montagnes, la température est parfaite.

— Tu es impatiente de reprendre l'école ?

Tenley se tourne vers moi. Son sourire est plus éblouissant que le soleil qui brille dans le ciel.

— J'ai tellement hâte. La rentrée, c'est le meilleur moment de l'année.

— Je n'ai jamais rencontré quelqu'un d'autre que toi qui aimait autant le premier jour de classe.

Tenley passe son bras dans le mien tandis que nous longeons le zoo.

— Nouvelles affaires d'école. Tenue de rentrée. J'adorais tout ça. La promesse d'un nouveau départ.

— Mon éternelle optimiste. À toujours voir le meilleur chez les gens.

— Tu dis ça comme si c'était mal, dit-elle en tapant légèrement mon bras.

— Ce n'est pas ce que je voulais dire, je le jure. J'aimerais être plus comme toi.

— Vraiment ?

Tenley s'écarte un peu pour me regarder. Ses yeux sont cachés derrière des lunettes de soleil noires.

— À force d'être sous le feu des projecteurs, on finit par être blasé. Et encore, je ne suis pas au pire poste. Je ne sais pas comment fait Sinclair, avec toute la pression qu'il doit subir.

— Je fais déjà bien assez l'expérience de la Ligue par procuration, avec toi. Je n'arriverais jamais à faire face à tout ça.

— Bien sûr que si, dis-je en nous décalant sur le côté pour laisser passer un couple avec une poussette. Tu gères des petits de cinq ans comme une pro. Même des athlètes aguerris ne pourraient rien contre toi.

— Vous seriez tous sous ma coupe, rit-elle.

C'est une manière de le dire, oui.

Plus on avance dans le parc, plus il y a de monde. L'odeur des fleurs du Jardin botanique flotte dans l'air. De la lavande, et autre chose. Ça me rappelle Tenley, qui est en train de me détailler ce qu'elle préfère dans son métier d'enseignante.

Je pourrais l'écouter pendant des heures. Je ne m'étais jamais rendu compte du réconfort que m'apporte sa voix.

— Ça te dérange si on s'assied un peu ? demandé-je en m'arrêtant près d'un bosquet.

— Oh, non ! s'exclame-t-elle en baissant les yeux vers mon genou. Tu vas bien ?

— Oui, oui. J'ai juste besoin d'une petite pause.

— Pas de souci.

Nous trouvons un petit coin à l'ombre et nous nous asseyons côte à côte. Nos jambes se touchent et je sens des étincelles parcourir ma peau.

J'ai de plus en plus de mal à être près d'elle sans reconnaître les sentiments que j'éprouve.

C'est comme si j'avais été aveugle. Maintenant que Rachel n'est plus là, j'ai l'impression de m'être enfin autorisé à déterminer une fois pour toutes ce que je ressentais pour Tenley.

Son visage couvert de taches de rousseur est tourné en direction du soleil. Ses lèvres sont recourbées en un sourire heureux. De petites mèches de cheveux blonds collent à sa peau.

— Comment tu te sens, avec la saison qui commence ? demande-t-elle, mettant fin au silence.

— Je m'en sors bien tant que je m'applique à ignorer le fait que ça se rapproche, dis-je en arrachant quelques brins de l'herbe qui m'entoure.

— Avec un peu de chance, tu n'en as plus que pour quelques semaines, et tu pourras y retourner pour leur mettre une pâtée.

Sa phrase me fait rire. J'adore qu'elle ne soit jamais vulgaire. C'est une de ses qualités si attendrissantes dont je ne me lasserai jamais.

— Tout est prévu. Tant que je ne fais pas de bêtises, j'espère pouvoir être autorisé à rejouer après la semaine de congé.

— C'est le médecin qui t'a dit ça ? demande Tenley en se redressant d'un coup pour agripper mon bras.

Je hoche la tête.

— Jackson ! Pourquoi tu ne m'as rien dit ?

— Je ne voulais pas me faire de faux espoirs, et je te connais suffisamment pour savoir comment tu réagirais.

— C'est une bonne nouvelle. Si le docteur est content de tes progrès, c'est que tu te débrouilles bien, déclare-t-elle en tapant dans ses mains pour en enlever la poussière avant de se relever. Il faut qu'on fête ça. On va passer acheter des glaces en rentrant.

— Tout ce que tu veux, Tenley.

Elle me tend la main pour que je me relève, et je l'attrape ; mais sa prise n'est pas assez solide, et c'est finalement moi qui l'entraîne au sol. Sa poitrine heurte la mienne, son visage se retrouve à quelques centimètres du mien.

Chaque cellule de mon corps est en train de vibrer. Aucun de nous ne fait le moindre geste. Ses yeux sont fixés sur les miens. L'air qui nous entoure semble se figer.

Je suis si conscient de tous les endroits où nos corps se touchent que je crains la combustion spontanée. Je rêve de recouvrir sa bouche de la mienne, de franchir cette limite que nous avons établie nous-mêmes.

Son regard se pose sur mes lèvres. Alors que je me dis qu'elle va enfin se pencher, le cri d'un enfant fait éclater notre bulle.

Merde.

Merde.

Merde.

Merde.

On était si proches. Tenley se relève.

— Tu es prêt à y aller ?

J'ai envie de dire que non. J'ai envie de l'attirer contre moi pour l'embrasser, mais le moment est passé. Je déplace mon poids pour m'appuyer sur la bonne jambe et plaque sur mon visage le sourire le moins sincère de ma vie.

— Plus que jamais.

Chapitre Onze

JACKSON

Nous restons silencieux sur le chemin du retour. Je vois bien que Tenley est plongée dans ses pensées en mangeant sa glace. Mais cela ne fait rien pour calmer le désir que je ressens pour elle. Pour la première fois de ma vie, mon corps tout entier est à l'affût du moindre de ses gestes.

Elle a toujours été Tenley, ma meilleure amie. Mais maintenant, mon corps est conscient d'elle. Et c'est une limite dangereuse avec laquelle je joue.

Quand l'ascenseur signale notre étage, je laisse Tenley sortir en premier. Elle commence à marcher mais s'arrête net, et je lui fonce dedans, surpris. Mon regard suit le sien et je dois me retenir de toutes mes forces pour ne pas exploser.

— Rachel. Qu'est-ce que tu fiches ici ?

Tout le bonheur que m'a apporté cette journée s'efface pour laisser place à une tension croissante. Je dépasse Rachel pour ouvrir la porte de mon appartement.

— Je suis venue te voir, petit malin.

Je croise le regard de Tenley tandis que Rachel entre

dans l'appartement sans la moindre gêne. Je suis inquiet de sa réaction devant cette apparition soudaine de mon ex.

— On n'est plus ensemble, je te rappelle, lui dis-je, sentant monter une migraine.

On passait une bonne journée, Tenley et moi. Je n'ai vraiment pas envie que Rachel débarque pour tout gâcher.

— Oh, mais ce n'était pas sérieux. T'étais juste sous pression à cause de ton genou.

— Rachel. Tu m'as laissé tomber comme une merde quand j'avais besoin de toi. Qu'est-ce qui te fait penser que je n'étais pas sérieux ? demandé-je en me pinçant le nez pour m'encourager à rester calme.

— Comme si on ne s'était pas déjà séparés pour mieux se remettre ensemble, répond-elle avant de poser ses yeux sombres sur Tenley. Et elle, qu'est-ce qu'elle fiche ici ?

— *Elle*, elle était là pour m'aider. Ne lui parle pas sur ce ton.

Rachel s'avance jusqu'à moi et caresse ma poitrine du bout des doigts. Cela ne provoque rien en moi. Aucun désir soudain de la prendre dans mes bras pour rallumer le feu que nous avions, avant. Je pousse un soupir de soulagement en constatant que pour une fois, j'ai pris la bonne décision.

— Rachel. S'il te plaît. Je ne veux pas devoir le répéter. Va-t'en.

— Tu préfères être avec elle qu'avec moi ? siffle-t-elle, les yeux pleins de colère, en désignant Tenley. Quoi, tu comptes t'enfermer dans un placard avec elle à nouveau et puis retourner jouer au football américain ?

— De quoi tu parles, putain ?

Tenley pousse un couinement, et je me tourne brusquement vers elle. Ses yeux bleus se sont remplis de terreur aux mots de Rachel.

— Je n'ai aucune raison de te le dire. Visiblement, tu n'as pas besoin de moi.

Un éclair de douleur traverse mon genou, me signalant que je suis resté debout trop longtemps. Je m'appuie contre le mur derrière moi et Tenley le remarque immédiatement.

— C'est ta jambe ? demande-t-elle doucement, comme si elle voulait attirer le moins d'attention possible.

— C'est trop chou. Elle croit qu'elle va enfin avoir sa chance avec toi, commente Rachel avec amertume, tout en dévisageant Tenley des pieds à la tête à la manière d'une lionne qui s'apprête à sauter sur sa proie. Je te cède la place avec plaisir. Il est super mauvais au lit, et il n'y a que le football qui compte pour lui.

Sur ces derniers mots, elle quitte l'appartement en claquant la porte derrière elle.

Je me frotte le visage et tente de faire face à Tenley.

— Qu'est-ce que c'est que ces histoires ?

— Je n'en sais rien, répond-elle en me tournant le dos pour se diriger vers la cuisine.

Elle ment, aucun doute là-dessus.

Je la vois tripoter la vaisselle sale dans l'évier, mal à l'aise.

— Tenley, dis-je d'une voix ferme, pour la forcer à croiser mon regard.

Les assiettes retombent sur l'inox avec un tintement et elle se retourne, ses mains agrippant le comptoir avec bien plus de force que nécessaire.

— Ce n'est pas important, murmure-t-elle tandis que je m'approche.

— Dis-moi.

Ses yeux sont remplis de larmes. J'ai envie de la prendre dans mes bras, si les mots de Rachel lui ont fait du mal. Je ferais n'importe quoi pour la protéger.

Tenley se met à triturer ses ongles, toujours sans lever

la tête. Je suis de plus en plus nerveux, mais elle finit par parler.

— C'était moi.

— Comment ça ?

— Pendant cette soirée, au lycée, dit-elle dans un souffle. C'était moi, dans le placard.

Je secoue la tête ; ses mots n'ont pas de sens.

— Non, c'est impossible. Tu n'étais même pas là.

— Ravie de constater à quel point je suis invisible, soupire-t-elle en levant les yeux au ciel, la voix pleine de sarcasme. Je suis partie tôt parce que j'avais manqué mon couvre-feu.

— Je l'aurais su, si tu avais été là.

Je n'ai toujours pas saisi la portée de ce qu'elle me raconte.

— Je suis venue avec Gabby. On était en retard, et le jeu commençait à peine à se mettre en place. Tu parlais avec Rachel, à ce moment-là.

Cette fichue Rachel, encore.

— Pourquoi tu n'es pas venue me dire bonjour ?

Elle lâche un rire sardonique que je n'ai pas l'habitude d'entendre sortir de sa bouche.

— J'avais un énorme crush sur toi, au lycée. Ce n'était pas facile de venir te parler quand tu étais avec d'autres filles.

— Tu *avais* ?

Je déteste la déception qui m'envahit à ce simple mot. Tenley a toujours fait partie de ma vie. Elle en fera toujours partie. Mais quelque chose a changé, ces derniers temps. Je ne sais pas si c'est seulement parce que je me repose plus sur elle que d'habitude, mais les sentiments que j'éprouve pour elle sont tout récents. Et j'aimerais qu'ils soient réciproques.

Mais quand Tenley me regarde enfin, c'est pour me

dévisager d'un air choqué. Je m'assieds sur un tabouret, incapable de me tenir debout plus longtemps.

— Tu *avais* un crush, Tenley ?

— Ce n'est vraiment pas la peine de parler de ça.

— Si, c'est la peine ! je m'exclame.

Ma patience envers tous les membres du sexe opposé a atteint ses limites pour ce soir, apparemment. Entre la femme qui a débarqué ici comme si elle avait tous les droits sur moi et celle qui me fait face actuellement et refuse de m'avouer la vérité, ça fait beaucoup pour une seule journée.

— D'accord !

Quand c'est au tour de Tenley d'éclater, je me redresse sur mon tabouret.

— C'est moi que tu as embrassée ce soir-là. On n'était pas censés parler, mais tu as trébuché en entrant dans le placard et j'ai su immédiatement qui tu étais. Et puis à la fin, tu as dit « tu embrasses vraiment bien ». Je comptais tout t'avouer, mais j'ai reçu un message de ma mère et j'ai dû partir, et quand on est revenus en cours le lundi suivant, tu sortais avec Rachel.

La vitesse à laquelle elle me lâche ces informations me donne le tournis.

— Mais pourquoi Rachel ferait semblant que c'était elle ?

— Parce que toutes les filles avaient un crush sur toi, à l'époque ! Tu étais le petit nouveau, membre de l'équipe de football américain, et tout le monde voulait attirer ton attention. Mon Dieu, tu es si bête parfois, c'est incroyable.

— Désolé de ne pas percuter aussi rapidement que toi, hein. Je viens juste de découvrir que le meilleur baiser de ma vie était en fait avec ma meilleure amie et pas avec la fille avec qui je suis sorti ces treize dernières années. Pourquoi est-ce que tu n'as jamais rien dit ?

Tenley croise les bras et me fusille du regard.

— Parce que tu sortais avec Rachel. Je n'allais pas venir me mettre entre vous. En plus, même quand elle ne fait rien de particulier, elle est terrifiante.

— C'est pas faux, dis-je avec un petit rire.

— Écoute, je sais que tu as besoin d'aide, mais je ne peux pas rester ici.

— Quoi ? Pourquoi ?

Je ne veux pas qu'elle s'en aille. Le lien ténu qui me raccroche à la raison est en train de céder. Encore une fois.

— Il faut que je m'éclaircisse les idées.

— Comment tu fais pour être toujours aussi sensée ? je marmonne.

— Je suis institutrice en maternelle. Je n'ai pas le choix.

Tenley se dirige vers le buffet de l'entrée pour attraper son sac à main et ses clés.

— Je reviendrai, d'accord ? En attendant… ne te blesse pas, ou je ne me le pardonnerai jamais, OK ?

Je hoche la tête et elle se détourne.

Merde.

En l'espace d'une heure, toute ma vie a basculé. Des faits que je croyais gravés dans la roche se sont réduits en poussière, une poussière qui s'envole au vent de la vérité que m'a révélée Tenley.

Le meilleur baiser de ma vie, celui qui m'a poussé vers Rachel, jusqu'à rester avec elle tout le lycée, pendant toutes mes années à la fac, et même pendant mes débuts à la NFL, c'était avec Tenley.

Ma meilleure amie.

Celle qui a tout laissé tomber pour venir m'aider au moment où j'en avais le plus besoin.

Tenley, qui a toujours été là pour moi. Elle était là lors de mon premier match à la fac, alors qu'on était dans des universités différentes. Elle était avec moi à l'hôpital pendant ma crise d'appendicite, en dernière année, quand j'ai raté le bal de promo.

Chaque fois, c'était elle. Rachel n'est dans aucun de ces souvenirs. Tenley, si.

Que se serait-il passé si elle n'était pas partie aussi soudainement de la soirée ? Est-ce qu'on serait ensemble, à l'heure qu'il est ?

Je me repasse mentalement les dernières semaines. Chaque geste. Chaque contact.

Tenley a-t-elle toujours ressenti cela ? Je le saurais, si c'était le cas… non ?

Je la vois sous un nouveau jour, désormais.

Ma Tenley.

Elle n'a jamais été à moi, pas dans ce sens-là, et pourtant, c'est comme ça que je l'ai toujours considérée. Est-ce qu'elle pourrait réellement être mienne, enfin ? Voudrait-elle encore de moi ? Est-ce qu'on marcherait bien en tant que couple, au moins ?

Je m'endors doucement, l'esprit bouillonnant. Une chose est certaine.

C'est Tenley.

Je la veux.

Chapitre Douze

TENLEY

— Merde alors ! T'es sérieuse ?

Je hoche la tête et vide mon verre de vin en une gorgée. Dès que je suis sortie de chez Jackson, je suis allée directement chez Gabby. J'adore mes sœurs, mais dans cette situation, c'est de ma meilleure amie dont j'avais besoin.

— Rachel a tout révélé d'un coup. Jackson m'a regardée comme s'il ne m'avait jamais vue.

— Et maintenant, il sait que c'était toi ?

— Yep, je réponds en faisant claquer la fin du mot tout en remplissant à nouveau mon verre.

— Si je ne devais pas allaiter dans une heure, j'aurais bu avec toi, dit-elle en regardant la bouteille avec envie. Qu'est-ce que tu comptes faire, alors ?

— Toute ma vie, j'ai voulu être avec Jackson, dis-je d'une petite voix. Et si, maintenant qu'on a cette occasion, ça ne marchait pas entre nous ? Je ne peux pas le perdre.

— Pourquoi est-ce que tu le perdrais ? s'exclame Gabby en m'attrapant le bras. Et si au contraire, ton moment était enfin venu ?

— On n'a pas tous la chance d'épouser notre crush du lycée.

— Je ne parle pas de mariage, rétorque Gabby en levant les yeux au ciel. Peut-être qu'au lieu de traîner ici avec moi, tu ferais mieux de retourner t'expliquer avec lui.

— Je suis nerveuse, avoué-je à regret après avoir avalé une nouvelle gorgée. Il avait l'air complètement paniqué.

— Oui, parce qu'il a remis toute sa vie en question, me dit-elle avec un sourire entendu.

— Pour autant qu'une simple conversation puisse avoir cet effet-là.

— Arrête. Si ce baiser a moitié autant d'importance pour lui que pour toi, je pense que tu tiens le début de quelque chose de super, dit Gabby en riant.

— Qu'est-ce qui te fait rire comme ça ?

— Tu t'imagines comme il doit bien embrasser, entre-temps ? Je parie qu'il est très doué de sa bouche.

— Gabby ! m'exclamé-je en avalant de travers, manquant recracher mon vin sur la table basse. Ne dis pas ce genre de choses.

— Je suis ta meilleure amie, m'assurer que tu ne finis pas avec un gars que je n'aime pas fait partie de mes droits. Et Jackson, je l'aime bien. Cet homme saura te satisfaire au lit, j'en suis sûre.

— Stop, la supplié-je en me bouchant les oreilles, stupéfaite. Tu es passée tellement vite des baisers aux orgasmes, c'est trop pour moi.

— Oh, arrête, réplique Gabby en éloignant mes mains de mon visage. Même si j'aimerais que tu retournes chez lui au plus vite, tu as trop bu pour ça. Tu restes dormir ici, mais demain, tu y vas et tu me racontes tout dans les moindres détails.

Un bébé se met à pleurer, signalant le départ de mon amie.

Je me laisse tomber dans le canapé et tente d'écraser les sentiments qui montent en moi.

J'ai pris peur, et je me suis enfuie. Je ne voulais pas rester pour faire face au rejet de Jackson. Mais d'un autre côté, est-ce que cela pourrait marquer le début de tout ce que j'ai toujours voulu ?

Respire, Tenley. Respire.

Cela fait presque dix minutes que j'attends devant la porte de l'appartement de Jackson. Je sais qu'il a passé la journée à la salle d'entraînement, pendant que je m'affairais à mettre tout en place pour la rentrée qui approche.

Toutes ces tâches pourtant très basiques m'ont pris la journée entière. Mes pensées se tournaient toujours inévitablement vers Jackson. Je ne peux pas me cacher plus longtemps, même si j'en ai vraiment envie.

Je prends une profonde inspiration et tourne la clé dans la serrure avant de pénétrer dans l'appartement. Je n'ai jamais été aussi nerveuse à l'idée de venir chez lui. Avec un peu de chance, il n'est pas encore rentré.

— Tenley ? C'est toi ?

Pas de chance, j'imagine. Je laisse tomber mon sac par terre et avance jusqu'au salon, où il est assis dans la pénombre. Les immeubles de Denver à travers la fenêtre le recouvrent à peine de leur lueur pâle.

— C'est moi.

J'enlève mes chaussures et m'avance vers lui. J'ai l'impression qu'une nuée de papillons s'apprête à surgir hors de mon corps. Je n'ai jamais été aussi nerveuse en sa présence, et je déteste ça.

— J'ai bien cru que tu ne reviendrais pas.

— Beaucoup de choses se sont passées hier, et j'avais besoin d'y réfléchir, dis-je avec un sourire crispé.

Jackson se lève et frotte l'ombre de barbe qui recouvre sa mâchoire.

— Pourquoi tu ne m'as jamais rien dit ?

Sa voix est calme.

Je baisse les yeux vers mes orteils, qui se recroquevillent dans les poils du tapis.

— Parce que tu sortais avec Rachel, je te l'ai dit. Et je pensais que ce n'était pas ma place.

Les yeux sombres de Jackson me scrutent avec intensité. C'est une lente caresse, et mon corps se couvre de chair de poule là où il me regarde. Je ne me suis jamais sentie aussi exposée.

Chaque sentiment, chaque instant est mis à nu devant lui.

— Danse avec moi, Tenley.

Je relève la tête vers lui et il me tend la main. Incapable de parler, je l'attrape en silence, les callosités dues à des années de sport se glissant contre ma paume lisse. Jackson m'attire contre lui et plaque nos mains enlacées contre sa poitrine. Mon cœur est serré, après ma confession. Depuis que je lui ai crié que c'était moi, dans ce placard.

Ses muscles se contractent sous mes doigts, et j'enfouis mon visage contre lui. Nos mains posées contre son cœur, il nous fait valser lentement, et ma tête tourne.

Où est passé mon meilleur ami si grincheux ? Celui qui plantait des frites dans ses narines pour me faire rire après le décès de ma grand-mère ? Qui me laissait toujours lui piquer quelques gorgées de Coca ?

Toutes les voix qui m'ont répété ma vie entière que Jackson ne ferait jamais attention à moi se sont tues maintenant qu'il me tient contre lui. Je n'ai jamais connu une étreinte pareille. Je me sens protégée, en sécurité. Je voudrais passer toute ma vie dans la bulle que forment ces bras. C'est comme s'ils avaient été créés pour moi.

Jackson s'arrête et se dégage légèrement. Les lumières de l'extérieur se reflètent dans ses yeux sombres, qui brillent d'un éclat que je n'ose nommer. Ses grandes mains viennent entourer mon visage et j'ai soudain l'impression que mon cœur va sortir de ma poitrine. Immobile, je retiens ma respiration en attendant de voir ce qu'il compte faire.

Doucement, si doucement, Jackson presse ses lèvres contre les miennes. Ce simple contact embrase mon corps entier. Et puis, aussi rapidement qu'il a commencé, le baiser s'achève. Comme si ce n'avait été qu'un rêve.

J'ai envie de crier et de l'attirer à nouveau vers moi. De lui dire que ça ne suffit pas, et de loin. Que j'ai autant besoin de ses baisers que de l'air que je respire.

Mais ses lèvres reviennent, avec plus de force cette fois, plus d'intensité.

Je ne peux m'empêcher de plaquer mon corps contre le sien, d'effacer toute cette distance entre nous. Je veux sentir les angles durs de sa poitrine contre moi. Je me délecte de ce baiser tandis qu'il pousse mes lèvres à s'entrouvrir.

C'est une sensation à la fois inédite et familière. Une impression de confort et d'inconnu. Je voudrais explorer chaque centimètre de sa bouche.

Nous ne bougeons plus, debout dans la faible lumière de son salon. Mes mains tentent de s'accrocher à lui. Les siennes glissent le long de mon corps jusqu'à mes hanches. Lorsque sa langue effleure la mienne, il couvre de sa bouche le hoquet qui m'échappe. C'est encore mieux que dans mon souvenir. J'ai passé ma vie à comparer chaque baiser à celui que nous avions échangé au lycée.

Et aucun ne l'a jamais égalé.

Mais ce Jackson ? Ce Jackson est un homme. Il sait

embrasser, il sait comment me faire brûler pour lui d'une simple caresse. Je ne sais pas si je me remettrai un jour de ce baiser.

Jackson recule, et presse son front contre le mien. Je serre son T-shirt dans mes poings, refusant de le laisser partir.

— Jackson.

— Je sais, Tenley. Je sais.

Son pouce caresse mes lèvres enflées. L'air qui nous entoure est électrique, il pulse, il bat, il alimente la passion qui s'échappe hors de nous par vagues.

Ce baiser m'a ouverte en deux. Mon cœur appartient à Jackson, et je ne peux qu'espérer qu'il le protège de sa vie.

Chapitre Treize

JACKSON

— Les dieux du football doivent être avec toi ; ton genou m'a l'air impeccable, dit le docteur en examinant le résultat de mes dernières radios.

— J'ai fait exactement ce que vous m'avez dit, je suis resté tranquille, je n'ai fait que les exercices que m'avait donnés Paige.

— Elle me fait un peu peur, alors je suis heureux que tu l'aies écoutée, répond-il en riant. Je lui dirai qu'elle peut augmenter l'intensité de ton entraînement.

— Il n'y a pas moyen que je revienne sur le terrain plus tôt que prévu ? demandé-je d'une voix pleine d'espoir.

— Pas moyen, non. Je ne voudrais pas que tu en fasses trop et que tu ne puisses plus revenir de toute la saison.

— Je comprends, dis-je en passant une main dans mes cheveux dans un geste frustré. J'aimerais juste être de retour avec les gars le plus vite possible.

— Ça viendra, ne t'en fais pas.

— Merci, doc.

Je descends de la table d'examen et pars en direction

de la salle de muscu. Quelques membres de l'équipe y traînent encore après l'entraînement du matin.

— Fields.

— Fisher.

Je salue Knox d'un signe de tête alors qu'il effectue une série de mouvements sur une des machines.

— Comment va le genou ?

Je m'installe sur une machine proche de la sienne pour me concentrer sur le haut de mon corps.

— Sur la bonne voie. J'espère être de retour juste avant la semaine de congé.

— Ah, ce serait super. Le rookie se débrouille, mais on a besoin de toi.

— Je n'arrive pas à croire que je vais rater le premier match de la saison.

— Tu as de la chance qu'il n'y ait pas beaucoup de compétition pour ton poste, dit Knox, dont le visage s'est durci.

Aucun joueur n'aime penser au fait que quelqu'un d'autre pourrait prendre sa place sur le terrain.

— Fini de papoter, les filles ?

En entendant cette nouvelle voix, Knox grimace.

Frankie, la coach des *linebackers*, est entrée dans la pièce. Son attitude je-m'en-foutiste est aussi marquée que d'habitude.

— C'est un crime de demander des nouvelles à un collègue, capitaine ?

Le visage de Knox se crispe encore d'un cran, mais Frankie ne se laisse pas perturber.

— Toi-même, en tant que capitaine, tu es attendu sur le terrain pour mener les exercices.

— Foutue peau de vache, marmonne Knox.

— Pardon, tu dis ? dit Frankie en penchant une oreille

vers lui. Je n'ai pas bien entendu, mais j'imagine que tu voulais dire « bien sûr, coach, tout de suite ».

Mes yeux passent de l'un à l'autre.

— Allez, sur le terrain. Maintenant, Fisher, ordonne-t-elle en sortant à grands pas.

— Mince alors. Je suis content de ne pas l'avoir comme coach.

— Aucune idée de ce que j'ai bien pu faire pour l'énerver comme ça, mais c'est sûr qu'elle va me le faire payer, grogne Knox.

— J'aimerais pas être à ta place.

Knox me jette un coup d'œil circonspect.

— Faut que j'y aille. Tu viens avec nous cet aprèm ?

— Bien sûr, dis-je avec un hochement de tête affirmatif. C'est la tradition, on plaisante pas avec ça.

— C'est bien vrai, approuve Knox en me tendant le poing pour que je tape dedans. Vas-y mollo sur l'entraîne-ment. Je veux te revoir sur le terrain.

— Pareil pour moi, mec.

— Qui prend la prochaine tournée ? demande Knox en cognant son verre contre la table avec un regard circulaire dans notre petite alcôve.

La table serait parfaite pour des gens d'une taille normale, mais avec cinq athlètes, on manque un peu d'espace.

— J'ai payé la première, donc pas moi, déjà, réplique Alex en s'adossant à son siège tout en jetant un œil à la salle.

Je ne sais pas comment il a trouvé cet endroit, mais c'est un bar plutôt calme, et on nous y laisse tranquilles.

Des joueurs de football américain, dans un bar à vin qui fait aussi office de librairie ? Personne n'y croirait.

— On fait une roulette de cartes bancaires ? propose Colin, qui déguste son cocktail.

— OK pour moi, dis-je en jetant ma carte sur la table.

— Je vous déteste, se plaint Alex en ajoutant la sienne.

Un sourire furtif traverse son visage tandis que la pile grandit. Notre serveur arrive et, habitué, attrape les cartes au hasard jusqu'à ce qu'il n'en reste plus qu'une.

— Vous vous foutez de moi ? J'ai déjà payé trois fois ! Pourquoi c'est pas au tour du rookie, un peu ? râle Alex.

— Désolé, monsieur le *quarterback*. Je ne me fais pas une pile d'oseille comme toi, le taquine Logan pour alimenter le faux agacement d'Alex.

— Attention, Logan, le prévient celui-ci en riant. Tu risques de rater des passes, avec ce genre d'attitude.

— Oh, j'adorerais pouvoir tacler notre nouveau *running back*, s'exclame Knox en se frottant les mains tandis que le serveur revient avec nos boissons.

Logan a un mouvement de recul. Knox fait partie de nos *linebackers* les plus imposants, et il fait bien de ne pas le sous-estimer.

— Du moment que quelqu'un s'occupe d'Allen, tout me va, dis-je en prenant une gorgée de whisky, le dos appuyé contre le dossier.

— C'est le gars qui t'a eu, c'est ça ? demande Logan.

Je hoche la tête en passant ma langue sur mes lèvres. Je suis toujours dégoûté qu'il m'ait blessé comme ça.

— Il fait des coups en douce. Il essaie toujours de blesser les joueurs, donc fais bien attention à lui, conseillé-je à Logan.

— J'ai joué contre lui à la fac, et il était déjà comme ça, ajoute Alex.

— Alors c'est ça, votre tradition ? demande Logan en

nous regardant tour à tour. Vous vous asseyez autour d'une petite table pour échanger des ragots sur les autres joueurs avant le début de la saison ?

— C'est quelque chose qu'on a commencé à faire après s'être retrouvés dans la même chambre à notre premier camp d'entraînement, lui expliqué-je. Le coach voulait que toutes les unités s'entendent bien entre elles, donc il a rassemblé différents postes.

— Et après ça, on est restés potes, complète Knox. Ces enfoirés ne se lassent pas de ma gueule d'ange.

— Tu parles, commente Alex par-dessus son verre.

— On a commencé après le dernier match d'une présaison passée. C'est un bon moyen de décompresser avant le chaos de la saison proprement dite, dis-je à Logan tandis que les autres commencent à analyser les manœuvres de l'unité d'attaque.

Cela fait partie des choses que je préfère dans mon sport. La camaraderie.

Je joue avec ces mecs-là, exception faite du rookie, depuis cinq ans. On est une famille. Certains joueurs, certaines équipes ne sont là que pour leur propre profit. Mais pas Denver.

Depuis le début, c'est un environnement sain. Chacun fait de son mieux pour le bien de l'équipe. Si l'un de nous est blessé, tout le monde souffre. On est toujours là les uns pour les autres.

— Comment va ton genou, Fields ? interrompt Alex.

— J'ai enfin l'impression qu'il n'est pas pris dans un étau, alléluia. Mais ne le dites pas à Paige. Je ne veux pas qu'elle augmente encore l'intensité de mes exercices. Je ne serais pas étonné d'apprendre qu'elle était sergent-instructeur dans une autre vie.

Cela fait rire Alex. On est tous passés par là, avec elle.

— Je ne sais pas comment tu as fait pour ne pas te

servir de ta jambe pendant aussi longtemps, me dit Colin en me donnant une tape dans le dos. Je serais devenu fou, à ta place.

— Ce n'était pas si horrible, dis-je en portant mon verre jusqu'à mes lèvres pour cacher mon sourire.

— Pas si horrible ? C'est quoi, cette tête ? demande Colin en plissant les yeux.

— Rien. Je dis juste que ça aurait pu être pire. J'aurais pu me déchirer le ligament antérieur, et là, j'aurais été foutu.

— Nope. Je connais cette expression. C'est une meuf, annonce Knox en tapant sur la table, manquant de renverser tous les verres.

— Je croyais que Rachel était sortie du tableau.

— C'est qui, Rachel ? se renseigne Logan.

— Ah, rookie. Tu as encore tant de choses à apprendre, soupire Colin avant de lui lancer le sourire éclatant qu'il réserve habituellement à la presse.

— Si c'est pas Rachel, c'est qui, alors ?

— Vous êtes pire que ma grand-mère et ses amies.

— Qu'est-ce que tu veux ? C'est parce qu'on tient à toi, dit Alex avec un haussement d'épaules.

— Il y a quelqu'un d'autre, j'admets enfin en lâchant un souffle que je n'avais même pas conscience de retenir.

— Est-ce qu'on risque d'avoir besoin d'un autre verre ? demande Knox en terminant sa pinte avant de faire un signe au serveur.

— Moi, c'est bon, lui dis-je en agitant mon verre encore plein aux trois quarts.

— Alors, c'est qui cette nouvelle nana ? demande Logan.

— Attention à ce que tu dis, Winchester, dis-je en serrant les dents devant sa façon de parler de Tenley.

— Ouah, dis donc. C'est qui, cette fille ? corrige Alex en se penchant en avant.

Un sourire me vient aux lèvres quand je pense à elle.

— Je connais Tenley depuis que ma famille a emménagé à Denver, quand je suis entré au lycée, commencé-je.

— Et tu n'es jamais sorti avec elle ? demande Logan.

— J'ai commencé à sortir avec Rachel, et il m'a fallu un certain temps pour me rendre compte qu'elle n'était pas faite pour moi, dis-je en secouant la tête.

— Un certain temps ? Un certain temps, c'est ce que ma grand-mère a consacré à ma mère quand elle a voulu apprendre à cuisiner, dit Knox en levant les yeux au ciel. Tu sors avec Rachel depuis treize ans !

— Je *sortais*, je corrige en tendant le bras pour frapper l'arrière de sa tête.

— Et avec Tenley, c'est du sérieux ? intervient Alex.

C'est un des traits que j'apprécie le plus, chez lui. Il a toujours été l'une des présences les plus rassurantes de l'équipe. Il ne lève jamais la voix, et il est toujours là quand on a besoin de lui.

Mais à l'instant, il me pose une question à laquelle je serais bien incapable d'apporter une réponse. Hier soir, on s'est embrassés avant de partir chacun de son côté. Entre l'école qui reprend bientôt et mon entraînement qui s'intensifie lentement, le temps qu'on peut passer ensemble va être drastiquement réduit.

Je sais qu'il faudra bien qu'on en parle, Tenley et moi. La saison va recommencer, et je dois m'efforcer de ramener mon genou à son état habituel ; entamer une relation sérieuse ne devrait pas faire partie de mes priorités.

Mais il s'agit de Tenley.

— C'est encore récent, je finis par dire.

Je n'ai qu'une envie, c'est de retourner auprès d'elle. Je n'ai jamais ressenti ça avec Rachel. Chaque fois que j'y pense, j'ai envie de me mettre des claques pour avoir été aussi stupide.

Le moindre regard de la part de Tenley, le moindre sourire, le moindre rire me donne envie de tomber à genoux devant elle en adoration. N'importe quoi, pourvu qu'elle me regarde comme ça.

— Merde alors. T'es déjà à fond, murmure Alex d'une voix que je suis le seul à pouvoir entendre.

Je me redresse, ajustant la position de ma jambe blessée sous la table.

— Pas du tout, répliqué-je, sur la défensive. Il faut que je me concentre sur le football, et sur mon retour imminent. Je ne peux pas me laisser distraire.

Alex saisit l'allusion et relance la conversation dans une direction plus légère.

— Tant que tu continues ta rééducation, tout ira bien, et tu seras de retour en un rien de temps.

Je termine mon verre et ma gorge brûle.

— Je déteste ne pas être sur le terrain avec vous, les gars. Ça me tue.

— Prends soin de ton genou. Et fais un geste pour un pote, peut-être, si ta Tenley a une sœur ? demande Logan en remuant les sourcils.

— Putain, vous êtes affreux, dis-je en riant. Jamais de la vie je ne vous laisserai les approcher. Les sœurs de Tenley ne sont pas à votre disposition.

— Et encore heureux ! Vous imaginez avoir ce gars-là comme beau-frère ? s'exclame Knox.

Logan jette une poignée de cacahuètes dans sa direction.

— Fais gaffe, toi ! Si on se retrouve interdits d'entrée par ta faute, rookie, on t'invite plus jamais.

— Merde, désolé, fait Logan, dont le visage a pris une teinte pâle.

Knox attrape son épaule et le fixe d'un regard qui enverrait un autre homme pleurer dans un coin. Ce que Tenley appellerait « le footballeur flippant ».

— Cet endroit est sacré, rookie. On n'y amène que les meilleurs. Alors, ne va pas tout gâcher en faisant le con ou en ramenant des groupies. C'est notre QG. Compris ?

Logan déglutit et hoche la tête.

— Arrête de faire peur au petit, intervient Alex en levant les yeux au ciel.

— Il faut bien qu'on lui apprenne, répond Knox avec un haussement d'épaules.

— Plus sérieusement, les gars, fait Alex en se raclant la gorge, capturant immédiatement notre attention à tous. J'espère que cette année sera la nôtre. On se bat ensemble depuis plus longtemps que je n'aime l'admettre, et toujours aucun trophée. Je ne veux pas nous porter malchance, – nous tapons tous un coup contre la table en bois, ce qui le fait rire –, mais ça fait des années qu'on n'a pas eu une aussi bonne équipe. Si on continue comme ça, si on lâche rien, je sais qu'on peut y arriver.

L'ambiance autour de la table est tendue. On veut tous gagner. On n'en parle jamais, mais on se donne cette même chance tous les ans, moi comme ces gars auxquels je confierais ma vie sans hésiter.

Pour autant, je ressens aussi de la tristesse. Cette année, pour la première fois, ils chausseront leurs crampons sans moi. Je les regarderai depuis les gradins. Et je déteste ça. Je déteste ne pas pouvoir être là pour mon équipe. D'après les médecins, je devrais être de retour début octobre, mais avec une blessure au genou, on ne peut jamais vraiment savoir.

— Alors, reposez-vous les uns sur les autres. Dites-moi si vous avez besoin d'aide, ou parlez-en à Knox, à n'importe lequel des gars qui sont ici. Nous sommes les capitaines, et on est prêts à tout pour gagner.

Alex nous fixe du regard chacun notre tour, ne laissant aucun doute sur son sérieux.

— On va faire une super saison, les gars. Aux Mountain Lions.

Nous trinquons avec des exclamations et nos verres s'entrechoquent en renversant du liquide partout.

— Aux Mountain Lions !

Chapitre Quatorze

JACKSON

— Alors, comment s'est passée la rentrée ?

Le sourire de Tenley me fait l'effet d'un coup dans la poitrine.

— Ce n'était qu'une journée pour rencontrer les professeurs. L'école ne reprend pas avant lundi. Mais ma classe a l'air super. C'est toujours difficile à dire tant que les parents sont là, mais j'ai vraiment hâte.

Son excitation est palpable. Après avoir quitté les gars, j'ai rapporté de quoi dîner pour nous, en me disant qu'elle serait sûrement fatiguée. Au contraire, elle vibre pratiquement d'énergie.

L'écouter parler est captivant. Nous sommes assis sur mon balcon, près de la petite table. Ses genoux sont calés entre les miens.

Toute ma concentration se porte sur ses lèvres. Putain, ces lèvres. Quelques baisers ont suffi à me rendre accro.

Leur douceur.

Leurs réactions.

Les petits gémissements qui s'en échappent quand je l'embrasse.

Autour de nous, l'air de l'été est chaud.

— Jackson, tu m'écoutes ?

Je secoue la tête sans même essayer de prétendre le contraire.

— Pardon. Je me suis laissé distraire.

— Et par quoi, je peux le savoir ?

Elle a pris sa voix de maîtresse d'école. Ça ne devrait pas m'exciter autant, mais à ce stade, je suis foutu. Ma verge en goutte déjà d'envie.

— Par tes lèvres.

Je l'attrape par l'arrière des genoux pour l'attirer vers moi, assez proche pour que j'assiste en direct à la réaction viscérale que provoque en elle ma proximité soudaine.

Ses tétons pointent sous sa robe. Ses pupilles se dilatent. Elle se passe rapidement la langue sur les lèvres.

Je prends ça comme une invitation.

Je penche la tête vers elle et capture sa bouche de la mienne.

C'est encore mieux que dans mon souvenir. Je n'en reviens pas d'avoir pu un jour confondre ses baisers avec ceux de Rachel. Il n'y a aucune comparaison possible.

Je me perds dans l'instant et plonge aisément dans le baiser. Je m'adosse au siège et attire Tenley sur mes genoux. À ses gémissements, je comprends qu'elle sent la dureté de mon érection.

Des doigts délicats jouent avec les cheveux qui recouvrent ma nuque.

Ce baiser n'a rien d'impatient. Nous prenons le temps d'apprendre, d'explorer l'autre.

C'est une sensation nouvelle pour moi, ces sentiments que j'éprouve pour Tenley. Elle a toujours fait partie de ma vie, mais je n'avais jamais passé la main sur ses courbes. Je sais que je devrais y aller doucement, mais il est difficile de s'en souvenir alors qu'elle semble prendre autant de plaisir à ce baiser que moi.

C'est comme si elle voulait que je la dévore tout entière.

Je glisse ma main le long de son bras jusqu'à sa joue pour intensifier notre baiser.

Elle est comme un aimant attiré vers moi. Plus elle se rapproche, plus je l'embrasse avec fougue. Ma main se promène, ma paume calleuse caresse la peau si douce de sa cuisse, jusqu'à soulever l'ourlet de sa robe.

Mon Dieu, ce qu'elle est douce. Je voudrais connaître le goût de sa peau.

— Jackson.

C'est une supplique. Je me lève et attrape sa main pour la guider jusqu'à ma chambre. Je l'attire à nouveau à moi, dans mes bras. Le seul endroit où elle aura jamais sa place.

Le désir sans fond que je vois dans ses yeux lorsque je m'assieds sur le lit m'oblige à prendre une longue inspiration.

C'est Tenley.

Ma meilleure amie. La seule personne à avoir toujours été là pour moi. Franchir cette dernière limite entre nous est une étape importante. On ne pourra plus revenir en arrière.

— Tout va bien ? demande-t-elle en caressant ma joue, me ramenant à l'instant présent.

Je me laisse tomber en arrière et l'attire dans ma chute. Ses cheveux blonds tombent autour de nos deux visages.

— C'est juste que…

Je soupire, hésitant à lui faire part de mon inquiétude.

— C'est normal d'être un peu nerveux, me rassure-t-elle dans un souffle chaud qui frôle mes lèvres, exprimant exactement ce que je ressens.

— Je suis déjà passé par là, tu sais, dis-je avec un rire.

— Pas avec moi, non. C'est important pour moi aussi.

Le simple fait de savoir qu'elle éprouve la même chose fait disparaître le dernier fragment de malaise de mon esprit pour n'y laisser plus que cette femme qui me surplombe.

— Tu sais que tu es sexy quand tu me dis des choses aussi sensées ?

— Je fais de mon mieux, réplique-t-elle avec un haussement d'épaules.

J'inverse nos positions et m'attaque à nouveau à ses lèvres. Le dernier baiser était lent et doux. Celui-ci est rempli de désir, du désir de sentir chaque partie de son corps contre chaque partie du mien.

Mes doigts se glissent sous sa robe, la relèvent de plus en plus. Je souris à pleines dents devant l'étendue de peau pâle qui m'attend en dessous. J'aimerais prendre mon temps, la chérir comme elle le mérite, mais je sais aussi que si mes lèvres ne la touchent pas immédiatement, je risque d'exploser.

Je passe mon doigt lentement le long de l'élastique de sa culotte. Elle remue sous ma caresse.

— Tu aimes ça ?

— Oui, mon Dieu, oui, dit-elle en m'attirant à nouveau à elle. J'adore t'embrasser.

— Qu'est-ce que je t'ai dit, il y a toutes ces années ? murmuré-je en descendant mes lèvres jusqu'à sa mâchoire, en mordillant son lobe d'oreille. Tu embrasses vraiment bien.

— Hmm, fait Tenley, qui se tend sous mon corps.

— Maintenant, tu embrasses comme une putain de déesse, grondé-je en écrasant à nouveau ma bouche sur la sienne pour me délecter de son goût.

Chaque fois que nos langues se touchent, ma verge

menace un peu plus de déchirer mon pantalon. Embrasser quelqu'un n'a jamais eu cet effet-là sur moi auparavant.

Je le savais à l'époque, et je le vois encore aujourd'hui : jamais personne n'a embrassé comme Tenley.

Je m'assieds sur mes talons et baisse les yeux vers le visage rempli de désir de ma meilleure amie. J'attrape le haut de mon T-shirt et le passe par-dessus ma tête, notant avec satisfaction la façon dont elle me regarde.

— C'est injuste que tu sois aussi beau sans ton T-shirt, dit-elle en passant les doigts sur mes abdos. C'en est presque ridicule.

— C'est surtout dommage que je sois le seul à être à moitié nu.

Je m'installe entre ses jambes et soulève sa robe jusqu'à la retirer entièrement avant de la jeter au sol, exposant encore plus de peau. Ses seins se soulèvent à chaque respiration, comme une invitation à les explorer un peu plus. J'embrasse les courbes accueillantes qui débordent de son soutien-gorge. Ses ongles griffent légèrement mon dos tandis que mes doigts jouent avec l'ourlet de sa lingerie.

Je baisse le coton de l'un des bonnets pour découvrir en dessous un téton durci et sombre, mûr à point. J'y passe ma langue sans lâcher le regard de Tenley.

— Mon Dieu, c'est si bon.

Je souris en le saisissant entre mes dents, laissant mon autre main glisser le long de son ventre pour aller toucher sa culotte. La manière dont Tenley réagit en se cambrant contre mon corps me force à penser à des simulations de match pour m'empêcher de jouir trop tôt.

Une douleur aiguë me ramène à la réalité, et je grimace.

— Merde.

— Tu vas bien ? demande Tenley d'une voix douce en

se redressant sur ses coudes pour mieux me regarder. C'est ton genou ?

— Il va peut-être falloir que tu prennes le contrôle des opérations.

— Tu préfères qu'on arrête ?

Putain, cette femme. Je n'ai pas l'habitude d'entendre une voix si attentionnée. Jamais personne ne m'a manifesté autant d'affection, ou, j'ose à peine le penser, autant d'amour.

— Surtout pas !

Je me relève, lui prenant la main pour l'attirer avec moi. J'enlève le reste de mes vêtements avant de dégrafer son soutien-gorge, et je m'arrête un moment pour la contempler.

Rien ne pourrait m'empêcher de lui faire l'amour ce soir.

— Quand j'ai dit que tu devrais prendre le contrôle, j'étais sérieux.

Je laisse mes yeux vagabonder, remarquant les frissons qui la parcourent à mes mots. Je me laisse à nouveau tomber sur le lit et ajuste ma position jusqu'à être allongé sur le dos au centre. Je sens ses yeux me parcourir tandis que je remonte la main le long de mon sexe d'un geste paresseux.

Tenley se débarrasse de sa culotte. J'en salive. La plus belle femme du monde est nue devant moi, et si elle ne me touche pas immédiatement, je vais devenir fou.

Elle pose un genou sur le lit et glisse sa main sur ma cuisse.

— Je ne sais pas par quoi commencer.

La faim dans sa voix est telle que je dois serrer la base de ma verge. Je n'ai jamais été aussi excité avec Rachel.

Je me lèche les lèvres, impatient de sentir sa bouche sur mon corps.

— Viens là, lui ordonné-je d'une voix dure avec un geste impérieux.

— Je croyais que c'était à moi de contrôler, dit-elle en remontant le long de mon corps jusqu'à laisser planer ses lèvres au-dessus des miennes. Si c'est comme ça que tu cèdes la place, tu n'es pas très doué pour suivre des instructions.

Elle m'embrasse doucement avant de reculer à nouveau.

— Épargne-moi, Tenley. Je suis à bout, d'accord ?

Je presse mon sexe d'une main ferme, m'efforçant de retarder l'inévitable. Cette image de Tenley, nue au-dessous de moi, sera gravée dans mon esprit à jamais.

— On va voir si tu es capable d'obéir.

Mais d'où sort cette déesse du sexe ? Je pousse un grognement et lui adresse un hochement de tête.

— C'est bien, reprend-elle. Place tes mains derrière ta tête.

Je m'exécute. À son sourire, je vois qu'elle est satisfaite.

Je me retrouve brusquement incapable de réfléchir lorsqu'elle enroule ses mains autour de mon sexe.

— Mince.

Ses doigts ne font que m'effleurer, mais l'image à elle seule est décadente. Cette femme adorable que je connais depuis si longtemps provoque dans mon esprit les fantasmes les plus obscènes.

— Tu vois ? Quand on obéit, on a droit à une récompense.

Elle m'adresse un sourire plein d'assurance avant d'entourer mon gland de ses lèvres.

— Merde, dis-je dans un sifflement.

La chaleur de sa bouche sur moi suffirait presque à me faire jouir. Sans réfléchir, je passe ma main dans ses cheveux.

— Ah non, fait-elle en se dégageant, ses seins se balançant légèrement quand elle se rassied. Qu'est-ce que j'ai dit ?

— Sérieusement ? je grogne.

— Si c'est à moi de décider, tu vas devoir m'écouter, réplique-t-elle fermement.

— C'est bien parce que c'est toi, Tenley.

Je dois faire appel à toute ma discipline pour détacher mes mains d'elle. On commence à peine à explorer toutes les possibilités qui s'offrent à nous, mais j'adore déjà.

— Bien.

Elle me prend à nouveau en bouche, jusqu'au fond de sa gorge, cette fois. Je serre mes poings dans mes propres cheveux pour m'empêcher de la toucher. Je voudrais donner des coups de reins pour m'enfoncer plus profond, mais je résiste. Je ne veux pas qu'elle bouge.

— Putain, si tu continues comme ça, je vais jouir tellement vite que j'en aurai honte.

Elle se dégage avec un bruit sec, les lèvres enflées.

— Ah, et ce serait dommage, n'est-ce pas ?

Tenley dépose de légers baisers sur mon ventre et s'arrête pour lécher chacun de mes abdos. Elle pince mon téton lorsqu'elle arrive enfin à mes lèvres. Elle me rend fou de désir. Je n'ai qu'une envie, c'est d'être en elle. De la sentir se resserrer autour de moi quand elle atteindra les sommets de son plaisir.

— Les préservatifs ?

C'est comme si elle lisait dans mes pensées.

— Dans la table de chevet, je murmure sous un autre baiser, avant qu'elle ne recule pour aller les chercher. T'as vraiment un cul incroyable.

Les yeux bleus de Tenley me regardent par-dessus son épaule et elle l'agite devant moi.

Qui aurait pu croire qu'une telle femme se cachait sous

cette façade innocente ? Une femme envoyée pour me tenter, et qui s'apprête sans aucun doute à me donner le meilleur orgasme de ma vie.

Ma Tenley.

Ma douce Tenley.

Apparemment, Tenley, la déesse du sexe.

Elle se tourne à nouveau vers moi, déchire l'emballage du préservatif et le déroule le long de mon membre dur. Je donne un coup vers le haut dans sa main et elle se positionne au-dessus de moi, plaçant son sexe juste sur le mien.

— Tu joues avec le feu, Tenley. Si tu ne bouges pas immédiatement, je vais devoir prendre les choses en main.

— Mais ce ne serait pas une très bonne idée, ça, si ? réplique-t-elle en haussant un sourcil avant de me guider jusqu'à l'entrée de son corps et de se laisser retomber doucement. Centimètre par centimètre, si lentement que c'en est presque douloureux.

— Oh, mon Dieu.

Tenley rejette la tête en arrière en posant ses mains sur ma poitrine pour se stabiliser. Cette fois, quand j'attrape ses hanches, elle ne me fait aucune remarque.

C'est si bon d'être en elle que je crains d'en perdre complètement la tête. Elle est si chaude, si humide. C'est comme si elle était faite pour m'accueillir.

Tenley bouge ses hanches, ondule au-dessus de moi. Je me redresse et entoure de ma bouche un de ses tétons durcis. Ses mains me pressent contre elle.

Nous bougeons en parfaite harmonie. La tension qui tournoie autour de nous atteint son apogée. Je lèche d'un mouvement de langue la perle de sueur qui glisse entre ses seins.

— Jackson, j'y suis presque.

Ses mouvements se font de plus en plus frénétiques tandis que les miens redoublent de vigueur. Mon propre orgasme n'est plus très loin, mais je tiens à ce qu'elle jouisse en premier.

— Jouis pour moi, je murmure en traçant un chemin de baisers qui remonte le long de sa poitrine, sur son cou, jusqu'à son oreille. Vas-y, Tenley.

Quelques va-et-vient de plus et elle atteint son extase, ses parois intimes se refermant autour de moi jusqu'à ce que mon propre orgasme jaillisse hors de mon corps dans un jet de plaisir brûlant.

— Putain. Putain, putain, putain, crié-je en serrant Tenley contre moi tandis que nous traversons ensemble les secousses de nos orgasmes respectifs.

C'est si intense. Si puissant. Je n'ai jamais rien vécu de tel.

Je m'écroule à nouveau sur le matelas et l'entraîne avec moi. Nous avons tous les deux le souffle court en attendant de redescendre complètement de cet apogée. Je l'entoure de mes bras, m'imprégnant de la sensation de son corps visiblement détendu.

— C'est indescriptible, soupire-t-elle en se tournant légèrement pour croiser mon regard de ses yeux repus.

Je glisse un doigt le long de son dos avant de placer ma paume ouverte sur ses fesses.

— J'aime bien quand c'est toi qui prends le contrôle.

— Moi aussi, approuve-t-elle en déposant un baiser juste au niveau de mon cœur.

— Cela dit, la prochaine fois, je te punirai pour m'avoir fait attendre comme ça, dis-je en pressant fermement sa fesse, provoquant un gémissement dont je savoure la sonorité.

— Hmm, j'ai hâte.

Chapitre Quinze

JACKSON

— Qu'est-ce que tu fais ?

Tenley enroule une mèche de cheveux autour de son index. Elle est assise en face de moi sur le canapé. J'ai encore passé une longue journée à m'occuper à la rééducation de mon genou. Paige ne me fait pas de cadeaux, et même si j'apprécie le sentiment, je suis surtout super fatigué.

— Je réfléchis à ce que je vais faire pour l'activité « Ce Que Je Préfère » de vendredi, avec ma classe.

— C'est quoi, « Ce Que Je Préfère » ? lui demandé-je en fronçant les sourcils.

— Je laisse mes élèves parler de ce qu'ils ont préféré pendant la semaine. Parfois, on fait des exposés. Ça dépend des événements des jours précédents.

— Et ça plaît aux enfants ?

— Ils adorent, acquiesce Tenley en levant les yeux vers moi. C'est un peu comme les footballeurs. Ils n'aiment rien autant que parler d'eux-mêmes.

J'aimerais embrasser ce sourire narquois.

— Ah, oui ? Qui a dit qu'on adorait parler de nous ?

— J'ai vu la manière dont certains de tes coéquipiers se comportent devant l'attention des médias.

— Mes coéquipiers, peut-être. Mais moi ? Je préférerais être coincé dans le désert pendant un mois entier, dis-je en attrapant sa main pour l'attirer sur mes genoux.

— C'est un chouïa dramatique, répond-elle en levant les yeux au ciel.

Cela ne l'empêche pas de passer son bras autour de mes épaules. Ces petits moments où elle se trouve simplement dans mes bras me font toujours l'effet d'un coup de tonnerre. Et dire que je suis passé à côté de ça toute ma vie.

J'adore sentir les courbes de Tenley sous mes mains. La tenir dans mes bras. Rachel était toujours si préoccupée par les apparences qu'elle passait sa vie sur son téléphone, à traquer les dernières modes et les tendances du moment.

Mais les seules fois où Tenley est perdue dans ses pensées, c'est quand elle est concentrée sur ses élèves. La passion qu'elle investit dans l'enseignement est la même que celle que je consacre au football américain.

— Le football ? dis-je en jetant un coup d'œil à ses notes par-dessus son épaule.

— Et pourquoi pas ? se défend-elle en rangeant son carnet. Tous les enfants adorent ça, alors je me suis dit qu'on pourrait faire un vendredi spécial football.

— Tu crois qu'une petite apparition de ton joueur préféré leur ferait plaisir ?

Tenley me regarde d'un air ravi.

— Tu crois qu'Alex serait disponible cette semaine ?

Je la repousse sur le canapé pour la chatouiller. Elle se met à glousser.

— Je ne savais pas que j'habitais avec une telle comique.

— Arrête ! Stop ! Je plaisante, dit-elle en riant avant de

lever vers moi ces yeux si bleus que je m'y perdrais. Peut-être que Knox est là ? Si Alex ne peut pas venir.

— C'est donc comme ça que tu me vois ? fais-je en me redressant, faussement vexé.

— Oh, pauvre chou. Tu es triste de ne pas être mon joueur préféré ? roucoule-t-elle en glissant un doigt dans le col de mon T-shirt pour m'attirer de nouveau vers elle.

— Je devrais être le seul joueur que tu aimes, fais-je en tordant ma lèvre inférieure en une moue.

Tenley se redresse légèrement et capture mes lèvres en un baiser. J'en savoure le goût tandis que sa langue se faufile jusqu'à la mienne. Pressant mon poids sur son corps, je glisse ma main jusqu'à sa cuisse et place sa jambe par-dessus ma hanche. Il serait si simple de me perdre en elle. Dans l'odeur sucrée de fraise qui plane dans mon appartement. Dans la sensation de ses courbes qui capitulent sous mes doigts. Dans les gémissements qui lui échappent lorsque mes lèvres se fraient un chemin jusqu'à son cou.

Je recule et Tenley tente de suivre mon geste, de m'attirer dans un nouveau baiser. Je souris en entendant la plainte douce qui tombe de ses lèvres.

— Dis-moi que je suis ton préféré.

— Tu es mon préféré.

— Tu mens, dis-je en souriant contre sa bouche.

Tenley attrape ma tête et me force à croiser son regard.

— Tu crois que je serais ici, sinon ?

Je dépose un léger baiser sur ses lèvres et recule un peu.

— J'aime juste bien me moquer de toi.

Tenley empoigne mon T-shirt et me ramène à elle.

— Il y a très peu de gens pour qui je ferais ce genre de choses, dit-elle. Et par très peu j'entends exactement six personnes. Ma famille, Gabby, et toi. Vous devriez vous estimer très heureux, monsieur Fields.

Je pousse un grognement, mon sexe durcissant dans mon pantalon à ces mots. Tout mon sang descend brusquement vers le sud. Je voudrais me laisser tomber à ses pieds, ou passer la nuit enfoui en elle, à lui prouver à quel point *elle* est ma préférée. Mais elle se dégage de mon étreinte.

— Je n'en avais pas fini avec toi, dis-je en tentant d'attraper son bras.

— Et pourtant, tu vas devoir patienter un peu, réplique-t-elle.

— Tu es prêt ? me demande Tenley en posant ses mains sur mes épaules.

— C'est bizarre que je sois nerveux ?

Mes yeux font le tour de la salle de classe vide, dans laquelle nous attendons que ses élèves reviennent de leur cours de dessin.

Après un rapide baiser, Tenley se dirige vers le tableau.

— Ce sont des maternelles. Ils ne font pas si peur que ça.

— Et s'ils posent des questions inappropriées ? je m'inquiète en passant la main dans mes cheveux.

— La pire question qu'ils vont poser, c'est si tes protections sentent mauvais après un match, dit Tenley en levant les yeux au ciel.

— Je suis pas prêt à faire face à des enfants, grogné-je en plaquant une main sur mon visage.

— Tout va bien se passer, promis.

— Et si jamais ça se passe mal ?

Je me lève et me dirige vers elle.

Elle balaye la pièce du regard pour s'assurer que nous sommes seuls.

— Si ça se passe mal, je te consolerai tout à l'heure.

— Tu me tues, ma belle.

Les portes de la classe s'ouvrent avec fracas et je bondis loin d'elle. Je n'étais encore qu'à quelques mètres, mais j'ai l'impression d'être au lycée, quand mon père entrait dans ma chambre sans frapper.

Une quinzaine de mini-humains me dévisagent depuis le sol, où ils sont en train de s'installer sur le tapis ABC.

— Ouah ! Tu sais qui tu es ? me demande un garçon aux courts cheveux bruns.

Je hoche la tête et croise les bras en le regardant.

— Oui. Et toi, qui es-tu ?

— Billy. Pourquoi t'es pas en train de jouer au foot ? enchaîne-t-il avec un sourire plein de dents et un hausse-ment de sourcil.

— Bon, Billy, et tous les autres. Asseyez-vous. Nous avons un invité spécial aujourd'hui, dit Tenley en tapant dans ses mains.

Les enfants se tournent tous vers elle et lui accordent toute leur attention. C'est la première fois que je vois cette facette de Tenley.

Elle est douce, mais ferme. Sa manière de diriger la classe me donnerait presque envie de me laisser tomber au sol à côté des petits et de faire ce qu'elle me demande. Elle n'est pas excessivement autoritaire, mais elle traite chaque enfant avec respect.

— Notre invité spécial pour « Ce Que Je Préfère » aujourd'hui est mon ami, M. Jackson. Est-ce que l'un de vous saurait me dire pourquoi vous le connaissez ?

Quelques mains se lèvent, dont celle de Billy. Tenley désigne une enfant qui fait de petits bonds depuis sa place.

— Il joue pour l'équipe de Denver ! s'exclame-t-elle d'une voix surexcitée.

— Exactement. Est-ce que quelqu'un connaît son poste

? demande Tenley se tournant brièvement vers moi pour m'adresser un grand sourire.

— Il tape dans le ballon avec le pied après un *touchdown*, dit le petit qu'elle a désigné cette fois-ci. Mon père dit qu'on aurait bien besoin qu'il revienne.

Je retiens une grimace à ces mots.

— J'espère être de retour d'ici quelques semaines.

Tenley me sourit à nouveau avant de revenir à ses élèves.

— Est-ce que quelqu'un a une question à poser à M. Jackson ?

Une main se lève et une question la suit immédiatement.

— C'est comment, de jouer au foot ?

Facile.

— C'est super. J'adore jouer pour ma ville. Les Mountain Lions sont la meilleure équipe du monde.

Quelques enfants poussent le rugissement que les fans ont l'habitude de faire résonner dans le stade avant chaque match, ce qui provoque en moi une vague de nostalgie. C'est aussi ce qu'on fait, avec les gars, pendant notre dernier rassemblement avant de nous lancer sur le terrain. Je n'ai participé à aucun de ces rituels depuis que j'ai été mis sur la touche. Je déteste ça. Je déteste être incapable d'accompagner mon équipe comme j'en avais l'habitude.

Je sais que ce n'est pas de ma faute, mais ça ne change rien. L'équipe n'a pas eu de très bons résultats ces deux dernières semaines. Deux défaites. Il n'y a rien de pire que d'assister à la défaite de son équipe sans pouvoir rien faire. Tous les dimanches, je rêve d'être avec eux sur le terrain. Jouer, c'est ce que je préfère au monde ; que ça me soit interdit me tue.

— Est-ce que tu seras toujours *kicker* ? me demande une voix douce depuis l'arrière de la classe.

— Bah oui, Lily. On peut pas juste changer de poste comme ça, affirme le petit garçon assis près d'elle avec beaucoup d'assurance.

— Non, c'est une question intéressante, dis-je en me tournant vers Lily. Quand ils sont encore à l'université, les joueurs peuvent changer de poste, mais ça n'arrive pas trop une fois qu'ils font partie de la NFL. J'aime beaucoup être *kicker*, donc je n'ai pas l'intention de changer.

Elle se tourne vers son voisin et lui tire la langue. Je retiens un rire. Ils me rappellent Tenley et moi quand on était plus jeunes, et je souris.

Depuis que notre relation a évolué, chaque souvenir prend une signification nouvelle. Elle a toujours été là pour moi, au lycée et à la fac, sans la moindre question. Et pendant certains de mes moments les plus durs, c'était Tenley que j'aurais voulu à mes côtés, plus que quiconque.

Je réponds aux questions au fur et à mesure que les enfants me les crient. Ils pourraient aisément remplacer la presse qui nous entoure à chaque fin de match.

— Bon, je crois bien que c'est tout le temps que nous avons aujourd'hui. Qui veut aller lire avec Ashley ?

Une quinzaine de mains se lèvent brusquement.

— Et qu'est-ce qu'on dit à M. Jackson qui est venu vous voir ?

— Merci ! s'écrient les enfants pendant que l'assistante de Tenley les emmène dans un autre coin de la pièce.

— Tu formes des journalistes, ici, ou quoi ? Ils ont posé de très bonnes questions.

Tenley m'adresse un sourire plein de fierté.

— Je leur répète toujours de bien réfléchir avant de poser une question. Je ne voudrais pas qu'ils soient blessants.

— Merci de m'avoir invité, Tenley. Ça déchire, de te voir dans ton élément comme ça.

— Chut ! Sois plus poli, il est hors de question que mes petits élèves t'entendent et répètent ça chez eux, s'exclame-t-elle en me frappant la poitrine.

— Pardon, dis-je, résistant à l'envie de la prendre dans mes bras pour l'embrasser et me contentant finalement d'un simple clin d'œil. On se voit à la maison ?

— Oui, à ce soir, répond-elle en reculant un peu.

Qu'est-ce que j'ai hâte.

Chapitre Seize

TENLEY

— Pourquoi est-ce qu'on achète autant de citrouilles ? demande Jackson pour la énième fois.

— Parce que je voudrais que chacun de mes élèves puisse avoir la sienne.

C'est une parfaite journée d'automne. Le ciel bleu est parsemé de fragments de nuages blancs. Les montagnes aux sommets couverts de neige nous surplombent. J'ai profité de la mobilité retrouvée de Jackson pour le traîner avec moi jusqu'à une petite ferme au-delà des limites de la ville.

— Et qu'est-ce que tu comptes faire de toutes ces citrouilles ?

Jackson en porte deux sur ses épaules jusqu'au petit chariot. J'ai du mal à me concentrer sur autre chose que ses biceps.

— Les élèves vont les peindre, finis-je par répondre en examinant celles qu'il a apportées avant d'en retirer une. Celle-là, elle a des taches bizarres.

— Tu es une perfectionniste, tu le sais, ça ?

Jackson s'essuie le front du revers de la main. Le soleil

tape dur. L'été se termine en beauté avant qu'octobre reprenne ses droits. Jackson est de plus en plus autorisé à préparer son retour sur le terrain. Je me suis réservé une place pendant ce qui est certainement un de ses derniers week-ends de libre, en profitant pour passer du temps avec lui sans interruption.

Je prends sa main pour l'attirer à moi.

— Tu as rencontré mes élèves. Tu crois vraiment qu'ils accepteraient de travailler avec une citrouille qui ne répond pas à leurs critères de perfection ?

— Et nous, on a droit à une citrouille ? réplique Jackson en entourant ma taille.

Nous.

Le mot résonne en moi et vient se loger près de mon cœur. Je ne pense pas que Jackson y ait fait particulièrement attention, et pourtant… Je suis heureuse qu'il nous associe ainsi. Je voudrais être liée à lui de toutes les manières possibles.

— Tu en veux une ? lui demandé-je en me reculant un peu pour regarder dans ses yeux marron, plissés contre les rayons du soleil.

— Si on peut la creuser, plutôt que la peindre. Sinon, ça ne m'intéresse pas.

— Tu sais qu'on choisit de les peindre en classe parce qu'on ne peut pas donner de couteaux à des petits de maternelle, hein ? dis-je en riant.

— Oui, ça paraît logique.

Je dépose un léger baiser sur ses lèvres avant de le repousser gentiment.

— Sur ce, allez donc nous chercher de jolies citrouilles, monsieur Fields, ou les conséquences pourraient bien être regrettables.

— Regrettables, vous dites ? répond Jackson en m'attrapant par la main pour m'attirer vers lui à nouveau.

Une bouffée de l'odeur de son gel douche me parvient et mon corps est parcouru de picotements.

— Regrettables, tout à fait, dis-je d'un air grave.

— Eh bien, fait Jackson sans me quitter des yeux tandis qu'il penche sa tête jusqu'à mes lèvres. Si je risque les conséquences que vous me décrivez, mademoiselle Rhodes, ce dernier baiser ne saurait suffire.

En plein milieu du champ de citrouille, Jackson m'embrasse passionnément. Sa langue se glisse dans ma bouche et j'en ai le souffle coupé. Je me fiche d'être dans un champ bondé, un dimanche en milieu d'après-midi. Je ne me lasse pas de Jackson. Ni de sa façon de prendre le contrôle de ce baiser, jusqu'à me faire penser qu'y mettre fin provoquerait notre disparition immédiate de la surface de la Terre.

Jackson finit par se dégager, mais cela ne fait rien pour calmer la chaleur qui monte en moi.

— Bien, dit-il avec un raclement de gorge, la voix rauque de désir. Je pense que ça devrait suffire à nous protéger des conséquences.

Mon cerveau a un peu de mal à se concentrer et il faut un certain temps avant que le monde reprenne sa clarté.

Jackson, debout devant moi, sa casquette de baseball à l'envers.

Le feu dans son regard.

Ses lèvres enflées par notre baiser.

De quoi on parlait, déjà ?

— Ne me regarde pas comme ça, Tenley.

— Comme ça comment ?

Je tente de mordiller sa lèvre inférieure.

Ses mains attrapent mes fesses et il m'attire contre lui.

— Comme si tu voulais commencer quelque chose qu'on ne pourra pas finir ici.

Une force que je ne pensais pas posséder me pousse à

faire deux pas en arrière. La fraîcheur de l'air m'aide à reprendre mes esprits.

— C'est vrai. Les citrouilles.

Jackson me fait un clin d'œil avant de retirer ses lunettes de soleil de leur place au col de son T-shirt pour les placer sur son nez, créant une barrière efficace contre la tornade d'émotions qui nous entoure.

— Je vais nous trouver la meilleure citrouille de tout le champ, crois-le bien.

Il se retourne et part dans l'allée, me laissant seule avec mes pensées et cette journée parfaite.

⁂

Jackson

— Tu es sûre de savoir ce que tu fais ?

Tenley, en pleine concentration, laisse dépasser la pointe de sa langue entre ses lèvres si douces.

— Ce n'est pas la première fois que je creuse une citrouille, répond-elle sans lever les yeux, alors même que son couteau se coince contre la tige.

— Ce n'est pas parce que tu l'as déjà fait que tu sais le faire.

Tenley me jette un regard exaspéré en soufflant sur une mèche de cheveux pour l'éloigner de son visage.

— On n'a pas tous des biceps de la taille de troncs d'arbres pour nous aider à creuser.

— Comme ça, tu veux dire ? dis-je avec mon sourire le plus arrogant tout en contractant mes muscles.

— Je suis surprise que tu passes les portes, vu tes chevilles, fait-elle en levant les yeux au ciel.

— C'est pour ça que tu es là. Pour t'assurer que je ne prends pas la grosse tête.

Je lâche une poignée de pépins et de chair dans le bol. Tenley tenait à ce qu'on ait chacun notre propre citrouille. Un genre de compétition.

— Tu as besoin d'aide ? continué-je en agitant le petit couteau que je tiens dans ma main.

— Non, réplique-t-elle en me jetant un regard noir. Je veux gagner toute seule.

Elle est si têtue. Je ris.

— C'est ça que tu enseignes à tes élèves ? Si tu n'arrives pas à faire quelque chose, entête-toi jusqu'à devoir abandonner ?

— Qui te dit que j'abandonne ?

Elle pose la main sur sa hanche et me regarde avec ce qu'elle estime être une attitude défiante. Je pense que si je mesurais toute la peur qu'elle est capable de provoquer, ça ne ferait pas la taille de mon petit doigt. Elle est la personne la plus gentille, la plus douce que je connais. Comme l'indique le fait qu'elle soit venue habiter avec moi sans la moindre hésitation dès que je lui ai parlé de ma blessure.

— Laisse-moi au moins faire la première entaille, dis-je en recouvrant sa petite main de la mienne, gluante de chair de citrouille.

— Beurk. C'est dégoûtant, dit-elle en tentant de se dégager.

Je ne la laisse pas faire, la serrant encore plus fort contre moi.

— Allez, laisse-moi t'aider.

J'avance vers elle jusqu'à ce que son dos se cogne contre la table. Ses pupilles sont dilatées, dissimulent presque entièrement le bleu de ses iris.

— Avec quoi tu comptes m'aider, exactement ? dit-elle d'une voix soudain plus rauque.

Je la retourne et place ses mains au bon endroit sur la citrouille.

— Tu as juste besoin d'un peu plus de muscle pour pouvoir creuser, je souffle dans le creux de son oreille.

Tenley se détend entre mes bras. Son corps est souple et tendre contre le mien. Je bouge la main, plantant facilement le couteau dans la citrouille avant d'entamer le découpage.

— Regardez-moi ça, dit Tenley en tournant légèrement la tête vers moi.

— Tous ces progrès que tu fais, tout à coup ?

Je laisse tomber le couteau sur la table une fois le cercle complété.

— Il faut croire que j'avais vraiment besoin de toi, après tout, soupire Tenley en frottant ses hanches contre moi, ce qui ne m'aide absolument pas à calmer l'excitation visible sous le tissu de mon pantalon.

— Tu aurais très bien pu le faire toute seule, hein ? murmuré-je en frôlant son cou de mes lèvres.

Je la regarde retirer le haut de la citrouille avec un bruit sec, arrachant en même temps des mèches de pépins.

— Jackson. Je suis une adulte. Bien sûr que je suis capable de creuser une citrouille, dit-elle en riant.

Je cesse de prêter attention à ses gestes le temps de reculer, et une poignée de chair de légume m'atteint en plein visage.

— Qu'est-ce que…, commencé-je en essuyant la matière visqueuse de mes yeux pour voir le grand sourire de Tenley. Tu te crois drôle, hein ?

— Plutôt, oui, fait-elle en haussant une épaule rosie par le soleil de l'après-midi.

Je récupère une poignée de la pâte qui me couvre le visage et la lance sur le sien.

— Beurk ! J'en ai dans la bouche ! s'exclame-t-elle, trop

occupée à recracher quelques graines pour prêter attention à ma main qui se glisse vers la citrouille.

— Bien fait.

Elle n'a jamais été aussi adorable qu'à cet instant. Mais je ne me laisse pas distraire. Je passe ma main à l'intérieur du légume et attrape une poignée de chair, que j'étale d'un geste dans les cheveux de Tenley.

— Ah oui, tu veux jouer à ça ? s'écrie-t-elle.

Elle se jette sous la table et ressort de l'autre côté. D'un même mouvement, elle s'empare du bol dans lequel je versais mes déchets et lance le contenu dans ma direction. Je tente d'esquiver avec toute la grâce que me permet mon genou blessé, mais elle m'atteint dans le cou.

— Pour info, c'est toi qui as commencé, grogné-je en sentant une bouillie visqueuse glisser sous le col de mon T-shirt. Merde, c'est dégueu, ce truc.

Tenley me sourit, extrêmement fière d'elle. Avant qu'elle n'ait eu le temps de se cacher, je lui jette une nouvelle poignée.

Son rire résonne dans la pièce tandis que nous continuons de tenter d'échapper aux attaques de l'autre.

Je ne me souviens pas de la dernière fois que j'ai autant ri. Avec Rachel, j'étais toujours tendu ; rien n'a jamais été simple.

Mais avec Tenley ? Nous nous sommes glissés dans ces nouveaux rôles avec une facilité déconcertante. Comme si on avait toujours été faits pour être ensemble. Je l'attrape par la taille et l'attire à moi pour flanquer une poignée de chair dans l'encolure de son T-shirt.

— OK, OK ! Cessez-le-feu ! s'exclame-t-elle en essayant de me repousser, sans succès.

— Tu te rends ?

— Jackson, j'ai de la citrouille à des endroits qui ne

devraient jamais en voir la couleur. Oui, je me rends. Tu as gagné.

— Mince alors. Je n'y croyais plus.

Je fixe du regard la femme qui me fait face. Son visage est couvert de matière orange, ses cheveux entremêlés de fibres, sa poitrine parsemée de pépins. J'ose à peine imaginer dans quel état je suis.

Mais le sourire heureux qui illumine le visage de Tenley m'atteint comme un coup au ventre. Cette femme est absolument sublime. Elle ne porte pas de maquillage, et à sa place, n'importe qui d'autre tenterait sûrement de cacher son apparence.

Mais pas elle. Tenley retire un par un les pépins de son T-shirt, les déposant près d'elle sur la table.

— Je n'aurais pas dû me lancer dans un combat qui était perdu d'avance, j'imagine, marmonne-t-elle.

— Si ça peut te rassurer, dis-je en enlevant un amas de bouillie de ses cheveux, tu gagnes le prix de la plus belle guerrière.

— Quel petit flatteur, répond-elle en riant.

J'attrape son menton et la force à croiser mon regard.

— Même pas. Je ne fais que dire la vérité.

Son regard est amusé mais ses joues rougissent légèrement.

— Tu n'es qu'un beau parleur, Jackson Fields.

— Je n'y peux rien. C'est un trait que tu as tendance à faire ressortir en moi, je réponds en haussant les épaules.

Tenley trace ma mâchoire du bout de son doigt tout en me dévisageant avec intensité. Elle semble vouloir dire quelque chose, sa bouche s'ouvre et se referme, mais elle finit par changer d'avis.

— On devrait peut-être retourner à nos citrouilles ? se décide-t-elle enfin à proposer.

J'ignore la petite voix dans ma tête qui me presse de lui

demander ce qu'elle hésitait à dire. Je me retourne et balaye la catastrophe du regard. Une des citrouilles est tombée par terre et les lancers que nous avons manqués tapissent chaque centimètre carré de la cuisine.

Je me mets à rire.

— Je crois que c'est un peu tard pour ça.

— Je n'en reviens pas qu'on ait sali autant, commente Tenley en constatant à son tour les dégâts, pliée en deux de rire.

— C'est toi qui as commencé, lui rappelé-je en la pointant du doigt.

— Tu n'étais pas obligé de jouer le jeu, dit-elle en levant les mains pour reconnaître sa défaite. Vous, les athlètes, et vos natures compétitives.

— On n'aime pas perdre, c'est tout.

Tenley attrape un couteau sur la table.

— Fort bien, dit-elle en plaçant la petite lame sur une de mes épaules avant de la passer sur l'autre. Je vous adoube, Seigneur Jackson, chevalier de la bataille des citrouilles.

Je t'aime. Ces mots sont sur le bout de ma langue, mais ils s'y arrêtent, refusent de sortir. Pourtant, cette femme qui me fait face ? Elle me fait ressentir des émotions que je n'ai jamais éprouvées à ce point. Mon cœur menace d'exploser dans ma poitrine quand je pense à tout ce temps qu'on a passé ensemble.

Même si c'est une occasion que je n'ai eue qu'en sacrifiant mon sport, pour rien au monde je ne changerais quoi que ce soit à ma situation. Découvrir toutes ces nouvelles facettes de Tenley a été la lumière au bout de ce fichu tunnel dans lequel je me trouve depuis bien trop longtemps.

La facette tendre. La facette attentionnée. La facette super sexy. Le tout formant la meilleure amie que j'ai jamais eue. Sans laquelle je ne saurais plus imaginer ma vie.

J'attrape sa main et lui prends le couteau que je laisse tomber sur la table pour l'attirer vers moi.

— Je serai toujours ton chevalier servant, Tenley. Toujours.

Chapitre Dix-Sept

JACKSON

— Tenley, tu es prête ?

— Presque ! répond-elle d'une voix chantante qui résonne dans l'appartement.

Je balaye la cuisine du regard, les traces de sa présence me faisant m'y sentir plus chez moi que je ne l'ai été durant les années que j'y ai passées seul.

Un vase de fleurs colorées.

Une pile de livres sur la table basse.

Des bougies, un peu partout.

Je ne me suis jamais vraiment soucié de la décoration. Je ne passe pas beaucoup de temps chez moi pendant la saison sportive. Même hors-saison, j'enchaîne les entraînements et les sorties avec les gars de l'équipe ; autant dire que le style minimaliste ne m'a jamais dérangé.

Enfin, jusqu'à ce que Tenley débarque.

Je sais que ce n'est qu'un arrangement temporaire. Elle n'est là que pour m'aider pendant ma rééducation. Je peux même me déplacer seul, maintenant.

Mais je ne suis pas encore prêt à la laisser partir.

— Désolée, ça m'a pris un peu de temps, s'excuse Tenley, qui s'arrête devant moi en ajustant le fermoir de son bracelet. Qui aurait cru qu'il pouvait être si difficile de mettre du fond de teint, de nos jours ?

Je ne me lasserai jamais du sourire qu'elle m'adresse. Elle est la bonté même. C'est presque trop pour moi, parfois.

Elle s'est changée et porte à présent une robe blanche à manches courtes avec des boutons sur l'avant et avec un décolleté plongeant qui laisse entrevoir les merveilles qui se cachent en dessous. Je dois faire appel à toute ma discipline pour ne pas la repousser jusqu'à la chambre pour arracher le tout et la dévorer toute crue.

— Ne me regarde pas comme ça, dit-elle d'un ton sévère.

— Comme ça comment ? demandé-je, feignant l'innocence.

— De l'air du mec qui sait à quoi je ressemble nue.

— Je ne vois pas de quoi tu parles, répliqué-je en embrassant une de ses joues, inspirant profondément son parfum sucré au passage. Tu es magnifique, continué-je en déposant un baiser sur son autre joue.

Quand je me recule, ses pommettes ont légèrement rougi. Je passe un bras autour de ses épaules et la guide hors de l'appartement jusqu'à l'ascenseur.

— On va où, ce soir ? me demande-t-elle en s'y engageant.

Elle s'appuie contre le mur et attrape ma main dans les siennes. La caresse de ses doigts me plonge dans une sorte de transe. Mon corps tout entier est parcouru d'un frisson à la sensation de sa peau douce contre mes callosités.

Je l'attire à moi jusqu'à ce que nos poitrines se frôlent. Ses yeux s'écarquillent en réponse, et cela ne m'échappe pas.

Je pose ma main libre sur sa joue et caresse sa lèvre inférieure de mon pouce.

— À Larimer Square.

Les doigts de Tenley glissent le long du col de mon T-shirt et un petit sourire se dessine sur son visage.

— Quel sentimental tu fais.

— Sentimental ? répété-je en fronçant les sourcils, confus.

— Je ne devrais pas être surprise de constater que je me rappelle mieux que toi ce genre de choses, soupire-t-elle. C'est là qu'on est allés la première fois qu'on a traîné ensemble sans nos parents, quand tu as emménagé ici.

Je presse mon front contre le sien avant de trouver ses lèvres. Le goût sucré que j'associe désormais à Tenley m'envahit. Je ne sais pas comment j'ai pu un jour la confondre avec Rachel.

— C'est tout toi, de te souvenir de tout ça, dis-je d'une voix très douce tandis que l'ascenseur nous signale notre arrivée au rez-de-chaussée.

Tenley secoue la tête et nous quittons l'immeuble pour entamer le court trajet qui nous sépare de notre destination.

— Mon Dieu, tu m'obsédais, à l'époque.

— À l'époque seulement ?

Tenley tourne sur elle-même et m'offre un de ses sourires. Ces sourires qui ne sont destinés qu'à moi.

— Hmm. Tu n'es pas si mal maintenant non plus.

— Pas si mal ?

Je l'attrape par le bras et la traîne jusqu'à une petite alcôve en retrait du trottoir. Je la repousse contre le mur de briques, et ses yeux croisent les miens, choqués.

Pas question d'attendre. Je ne lui demande pas la permission et écrase directement mes lèvres contre les siennes.

Je couvre son gémissement tandis qu'elle s'ouvre à moi, ses mains agrippant mes biceps. Je me stabilise en posant une main sur le mur, près de sa tête, tout en l'attrapant par les cheveux avec l'autre pour modifier l'angle et intensifier notre baiser. Sa langue se cogne contre la mienne. Je verse chaque flamme du désir que je ressens pour elle dans ce baiser.

Chaque baiser que j'échange avec Tenley est encore meilleur que le précédent. Chacun me laisse sur ma faim. Je veux plus. Plus d'elle, plus de baisers.

Plus… de tout.

Je romps notre étreinte, mes lèvres flottant à un souffle des siennes.

— Pas si mal ? je répète.

Elle a le regard vague et les lèvres enflées. Sa réaction à ce qui n'était pourtant qu'un simple baiser, aussi délicieux soit-il, provoque une réaction sous mon jean qu'il va être difficile de cacher.

Tenley attrape ma main et la pose sur son cœur. J'en sens les battements erratiques, précipités.

— Tu en penses quoi ?

Merde. Je suis vraiment foutu.

— Tu savais qu'il se passait quelque chose ce soir ? demande Tenley, son bras passé dans le mien tandis que nous nous frayons un chemin à travers la foule.

Je secoue la tête et Tenley s'arrête. La route est fermée à la circulation pour permettre à une poignée de personnes de dessiner sur le goudron à la craie. Si j'avais su qu'il y aurait autant de monde, je serais resté chez moi.

Bien sûr, quelques-uns me reconnaissent, mais comme

je fais partie d'une unité spéciale, les gens ont générale-ment tendance à m'ignorer.

Par contre, la pensée qu'on puisse me bousculer et que ce simple choc suffise à aggraver la blessure à mon genou me fait grincer des dents. Je ne me serais jamais inquiété de cette éventualité, avant.

Je me contente de plaquer un sourire factice sur mon visage en voyant à quel point Tenley est ravie.

— Ce serait une super activité à faire avec mes élèves ! s'exclame-t-elle.

J'adore sa manière de toujours penser à ses mater-nelles. S'il y a bien une personne sur Terre qui était destinée à être maîtresse d'école, c'est elle. Je n'ai jamais rencontré quelqu'un avec un aussi grand cœur.

Tenley regarde les artistes travailler, fascinée. Les passants poussent des exclamations émerveillées devant leurs œuvres. L'un des dessins représente la silhouette des immeubles de Denver, un autre le *quarterback* de notre équipe de football.

— Tu trouves que ça ressemble à Sinclair, ça ? demandé-je avec un signe de tête en direction du dessin.

— Assez, oui, répond Tenley en appuyant son menton sur mon biceps. Tu crois que je pourrais leur demander de te dessiner ?

Je recule pour me mêler à nouveau à la foule, l'entraî-nant avec moi.

— Sur ces bonnes paroles, allons dîner.

— Rabat-joie, fait-elle en me tirant la langue tandis que j'ouvre la porte du petit restaurant qui se trouvait derrière nous.

— Crois-moi, personne n'a envie de me voir dessiné à la craie par terre.

— Je ne sais pas, répond Tenley en penchant la tête. Je

suis sûre qu'ils sauraient rendre justice à tous ces muscles, continue-t-elle en posant la main sur mon ventre. En plus, qui s'attendrait à te découvrir représenté sur le sol comme ça ?

— Pas moi, c'est certain, dis-je en riant.

— Est-ce que tu te serais imaginé en arriver là ? demande Tenley tandis que nous prenons place autour d'une table dans une petite alcôve.

— Jamais de la vie. Je pensais que je serais recruté par la dernière équipe du classement.

— Qui l'aurait cru… Jackson Fields, le gamin de Denver, qui joue pour l'équipe de sa ville.

Sa voix est pleine de fierté. J'ai l'impression d'être le roi du monde.

— Je n'aurais pas pu rêver de plus grand honneur.

Une serveuse s'approche pendant que nous parlons de nos journées respectives, et de mon retour prochain sur le terrain. C'est alors que je remarque deux hommes du coin de l'œil.

— Il faut que j'aille aux toilettes ; si la serveuse revient, tu pourras lui demander une carafe d'eau ? dit Tenley en se levant.

— Pas de souci.

Dès l'instant où elle s'éloigne, les deux hommes se dirigent vers moi.

— Jackson Fields, ça alors, s'exclame le plus grand des deux en me tapant l'épaule comme si nous étions les meilleurs amis du monde.

— Salut, mec. Content de voir que tu es en forme. On a bien besoin de toi, ajoute son compagnon.

— Merci, dis-je en retenant une grimace.

C'est un des aspects du sport que j'apprécie le moins. Tout le monde pense avoir accès à moi quand je suis en public, simplement parce que je suis un joueur professionnel. La plupart des gens respectent mon intimité, mais certains débarquent devant moi sans se poser la moindre question.

— Ripley ne fait pas l'affaire, c'est clair. Il n'est pas aussi bon que toi.

Et parfois, certains me balancent ce genre de conneries.

— Il était prêt à me remplacer quand l'équipe a eu besoin de lui, dis-je entre des dents serrées.

Est-ce qu'ils pensent sérieusement que je vais cracher sur mon coéquipier dans son dos ?

— Il est nouveau, et il s'en sort très bien vu son expérience, continué-je.

Le gars me donne un coup de poing dans l'épaule.

— Toi, tu as marqué deux fois plus de points pendant ta première année en ligue pro. Il va falloir qu'il se mette un bon coup de pied au cul s'il espère pouvoir traîner avec les Mountain Lions. C'est de toi qu'on a besoin.

Il se prend pour qui, ce mec ? Ce n'est pas comme si je passais mes journées tranquillement chez moi à me tourner les pouces.

— Il faut faire attention avec une blessure comme ça.

— Pearson, de l'équipe de Tennessee, il était de retour en moins d'un mois.

Avant que je ne puisse lui dire de la fermer, Tenley apparaît derrière eux.

— Excusez-moi, je vous dérange ? demande-t-elle d'un ton impérieux, debout près des deux idiots.

— On parlait du jeu, c'est tout.

— Super, mais moi, j'aimerais bien pouvoir retourner à mon rendez-vous. Vous permettez ? fait-elle en leur adressant son sourire le plus menaçant.

Ils partent enfin, après m'avoir donné une dernière tape dans le dos.

— Ça va ? ajoute-t-elle en se tournant vers moi.

Toute la joie que je me faisais à l'idée de sortir avec Tenley ce soir a disparu.

— Oui. On n'a qu'à payer et rentrer.

— Mais on n'a pas encore mangé.

— On peut prendre à emporter ! je m'exclame d'un ton sec.

Tenley croise les bras et son regard se fait dur.

— C'est eux qui t'ont énervé, pas moi. Ne te défoule pas sur moi.

Je m'apprête à rétorquer, mais elle lève un doigt.

— Réfléchis bien à ce que tu t'apprêtes à dire.

Mes yeux tombent sur le set de table devant moi. Cette simple conversation a suffi à remettre en question tout le futur que je me représentais pour moi et mon équipe.

J'ai bien conscience de la performance de mon remplaçant. C'est un petit nouveau, et il a été poussé sur le terrain pour prendre un poste qu'il n'avait pas prévu d'occuper avant un bon moment. Ce n'est pas le grand départ qu'espérait l'équipe, mais ce n'est pas comme si on avait perdu tous nos matchs. On est à deux victoires, deux défaites. Ce n'est pas rien. Et pourtant, j'ai l'impression de les avoir tous laissés tomber.

Toute ma vie, je n'ai travaillé que pour ça. Que pour le football américain. Ces dernières semaines de convalescence m'ont rendu fou. Je déteste être incapable d'apporter ma force à celle de mon équipe. Et je n'ai aucune envie de semer le doute dans l'esprit de nos fans.

— Allons-y, dit Tenley, qui quitte le restaurant sans m'attendre.

Je la suis, et le silence qui plane entre nous s'épaissit.

Cette petite soirée en tête-à-tête a pris une mauvaise tournure. Je suis furieux de la vitesse à laquelle mon humeur s'est assombrie, mais c'est une pensée qui rôdait dans mon esprit depuis un long moment.

Je pourrais être remplacé sur le terrain, ma carrière de sportif terminée, en un simple claquement de doigts.

Chapitre Dix-Huit

TENLEY

L'appartement est plongé dans l'obscurité quand j'ouvre la porte. J'étais si heureuse à la perspective de cette soirée, à l'idée de la passer avec Jackson. Il n'en reste rien. Je voyais bien la frustration qu'il ressentait quand ces fans sont venus lui parler. Je déteste que les gens se permettent simplement de lui dire ce genre de choses. C'est injuste.

Il a le droit de sortir de chez lui et de vivre sa vie sans que tout le monde se sente autorisé à lui expliquer à quel point ils ont besoin qu'il revienne sur le terrain. Ce n'est pas comme s'il avait choisi de ne plus jouer. C'est si frustrant.

— Tout va bien ? me demande Jackson en s'approchant de moi tandis que je regarde par la fenêtre avec agacement.

— Oui, dis-je en croisant les bras, sans le regarder.

— Je sais que tu mens, dit-il en posant ses mains sur mes épaules. Je suis désolé que notre soirée ne se soit pas passée comme prévu.

— J'aimerais seulement que tu ne te laisses pas atteindre par leurs bêtises, dis-je avec un soupir.

— Ce n'est pas si facile, répond Jackson en m'entourant de ses bras pour m'attirer contre lui.

D'habitude, la sensation de son corps solide autour du mien me donne l'impression d'être enfermée dans une bulle protectrice, mais pas ce soir.

— C'est encore pire quand l'équipe perd, continue Jackson.

— Heureusement que vous ne perdez pas souvent, alors.

— Heureusement, oui.

Des baisers brûlants remontent le long de mon cou et embrasent ma peau.

— Mais je n'ai pas vraiment envie de penser à tout ça quand tu es dans mes bras, murmure-t-il.

— Ah oui ? dis-je en penchant la tête pour lui faciliter l'accès. Tu préférerais faire quoi, à la place ?

Une main se glisse entre les boutons de ma robe et ses doigts écartés recouvrent mon ventre. Au moindre contact de sa peau, je sens la chaleur monter entre mes jambes. Je laisse échapper un gémissement. L'érection de Jackson est dure contre le bas de mon dos.

— Je voudrais t'allonger sur mon lit. Défaire tous ces petits boutons, un par un, dit-il en pressant ses doigts calleux contre mon corps. Savourer le goût de ta peau.

Fichu Jackson. Quelques mots, et j'oublie pourquoi j'étais en colère contre lui. Contre la situation dans laquelle nous nous sommes retrouvés ce soir.

— Qu'est-ce que tu attends, alors ? dis-je d'une voix haletante, remplie du désir que je ressens envers le seul homme que j'aie jamais aimé. Le seul que j'aimerai jamais.

Jackson détache ses lèvres de ma peau pour me porter jusqu'à sa chambre, où il me dépose délicatement sur son lit. Il me traite comme un objet précieux qu'il craint de briser. Heureusement que sa jambe est assez remise pour supporter mon poids.

— Mon Dieu. J'ai tellement de chance de t'avoir.

Je sens les yeux de Jackson se poser partout sur mon corps. Il se débarrasse de son jean et de son T-shirt et avance jusqu'à moi sur le lit. La faible lueur de la ville forme des ombres sur son visage. Ses yeux couleur chocolat sont luisants de désir lorsqu'il se penche pour capturer mes lèvres en un baiser intense.

J'entoure sa taille de mes jambes et me cambre sous ses caresses. Je brûle de sentir son corps.

— Patience, Tenley, patience, murmure-t-il en riant contre mes lèvres.

Il se recule pour s'asseoir sur ses talons. Ces grandes mains que j'aime tant remontent doucement le long de mes cuisses. Ma peau, mon âme, tout prend feu à chaque point de contact.

— Tu es exquise, dit-il en déposant un baiser contre la courbe de mon sein. Sublime.

De longs doigts détachent habilement les premiers boutons de ma robe. Je remue un peu plus à chaque frôlement.

— La plus belle créature sur laquelle mes yeux se soient jamais posés.

Ses lèvres tracent un chemin incandescent le long de ma poitrine, jusqu'à mon ventre, au fur et à mesure qu'il détache soigneusement mes boutons.

— J'ai tellement hâte de te goûter enfin.

Son souffle chaud caresse le tissu qui recouvre mon entrejambe. Une fois ma robe entièrement défaite, Jackson la repousse sur les côtés et remonte avec ses baisers le chemin qu'il vient de tracer.

— Arrête de traîner, lui dis-je d'un ton plaintif.

Je remue, tentant sans succès d'atteindre le plaisir qu'il fait miroiter devant moi.

Je le veux. Je veux ses lèvres sur mes seins, je veux le sentir en moi, qu'il m'entraîne vers des hauteurs que je n'ai connues qu'avec lui.

— Je te promets que tu vas aimer, murmure Jackson à mon oreille.

Je pousse un gémissement en le sentant se frotter contre moi.

— Comme à chaque fois.

— C'est inévitable, dit-il d'une voix qui n'est pas tant arrogante qu'elle est pleine d'assurance, tout en passant son doigt sur le centre de ma culotte. Chaque fois, c'est phénoménal.

Il glisse son doigt sous le tissu, et cette si légère caresse suffit presque à me faire jouir. Il effleure mon clitoris.

— Jackson. Je t'en prie.

— J'aime quand tu me supplies.

Prenant enfin pitié de moi, Jackson enfouit son index en moi.

— Je supplierais tant que tu veux si je peux en avoir plus, dis-je en attrapant son poignet pour le maintenir en place tandis qu'il recourbe son doigt.

Il a un sourire narquois et retire sa main avant de la replonger en ajoutant son majeur. Je n'aurais jamais cru que de simples préliminaires pourraient me procurer de telles sensations. Je suis déjà au bord de l'extase.

Je n'ai jamais connu ça avec les autres. Peut-être parce que je n'étais pas aussi investie dans notre relation. Mais avec Jackson ? Mon corps est parcouru d'éclairs dès qu'il s'approche de moi. La moindre étincelle embrase mon existence entière d'une flamme qui n'a jamais été aussi brûlante.

Je remonte ma main le long de sa poitrine et l'attire

vers moi par la nuque. Nos respirations se mêlent dans un baiser tandis qu'il accélère le rythme.

— Jackson, dis-je dans un souffle.

Je sens la tension monter en moi, et j'essaie de me retenir. Rien à faire. Mon corps se serre autour de ses doigts dans les affres de l'orgasme qui me secoue tout entière. Je suis traversée de vagues de plaisir, je vibre sous les caresses de Jackson. Des étoiles surgissent derrière mes paupières fermées.

— Putain, chérie. Tu es si belle quand tu jouis pour moi.

Ma vision me revient et Jackson gagne en netteté. Il lèche ses doigts pour en nettoyer mes fluides, ses yeux lourds de désir.

Je me redresse brusquement et plaque mes lèvres sur les siennes. Le goût de ma propre excitation dans sa bouche est enivrant. Le velours de sa langue contre la mienne renouvelle ma passion. Je veux un nouvel orgasme. J'en ai besoin.

Je suis avide de Jackson et du plaisir qu'il me donne. Je veux tout ce qu'il est en mesure de m'offrir. Sa langue, ses doigts, tout. Il me faut tout.

Il me repousse sur le lit et vient s'installer au-dessus de moi. Mes tétons sont durcis dans l'attente de ce qui va suivre. J'enroule à nouveau mes jambes autour de sa taille, sans aucune intention de le lâcher. Il est exactement là où il doit être.

Notre baiser se fait plus lent, moins impatient mais pas moins intense. Chaque caresse de sa langue, de ses doigts, me défait un peu plus.

Ma main descend le long de sa poitrine jusqu'à pouvoir frotter le renflement de son caleçon. Jackson arrache ses lèvres des miennes et pose son front contre le mien.

— Si tu continues à faire ça, je risque de jouir dans mon boxer.

J'essaie de retenir mon rire, mais je ne suis pas assez rapide.

— Ah, tu trouves ça drôle ? dit-il avec un grognement.

Ses doigts se glissent jusqu'à mes côtes pour les chatouiller. Il nous retourne dans un geste et je me retrouve au-dessus de lui, ma robe tombant autour de nos corps enlacés. J'éclate de rire.

— Je suis heureuse que tu sois dans cet état à cause de moi, dis-je en appuyant mes coudes sur sa poitrine, mes doigts traçant la légère barbe qui recouvre sa mâchoire.

Jackson arrête ses chatouilles et m'attrape par les fesses pour me rapprocher de lui.

Son visage prend une expression de tendresse.

— Je m'en veux d'avoir pris si longtemps à me rendre compte que c'était toi, la femme de ma vie. Il faut bien que je rattrape le temps perdu.

Mon cœur est si rempli d'amour qu'il manque d'exploser. Je n'ai jamais rien ressenti de pareil. Après toutes ces années à aimer Jackson discrètement, je retenais mon cœur d'une main ferme, je le gardais enfermé dans un recoin, de peur qu'il ne le brise si je lui montrais.

Désormais, il est sorti de sa cage, libre de ressentir ce qu'il veut. Et il bat plus fort quand Jackson est avec moi. Il gonfle quand il me sourit. Il menace de jaillir hors de ma poitrine à la moindre de ses caresses.

Je suis si heureuse de pouvoir enfin connaître toutes ces sensations avec Jackson.

— À quoi tu pensais ? me murmure celui-ci en remplaçant une mèche égarée derrière mon oreille.

— Je pensais à toi, c'est tout. À combien tu comptes pour moi.

Je dépose un doux baiser près de son cœur, inspirant profondément son odeur familière. Cet homme fait partie de moi, aussi essentiel à ma survie que l'air que je respire.

Jackson me sourit.

— Laisse-moi te montrer exactement à quel point tu comptes pour *moi*, dit-il.

Nous bougeons sans un bruit, Jackson retirant son caleçon tandis que je dégrafe mon soutien-gorge et fais glisser ma culotte le long de mes jambes. J'attrape un préservatif dans sa table de nuit et le déroule sur son sexe dur, y donnant quelques caresses, impatiente de le sentir en moi, de le sentir m'étirer jusqu'à me remplir entièrement.

Jackson m'attire à lui et nous déplace jusqu'à ce que nous soyons allongés sur le côté, face à face.

Il passe ma jambe par-dessus sa hanche et me pénètre d'un mouvement fluide. Je m'agrippe à lui, mes ongles plantés dans son biceps en attendant de m'ajuster à sa taille.

Je roule légèrement des hanches et il répond par le même geste, se retirant par à-coups de mon corps avant d'y replonger lentement, centimètre par centimètre. Ses lèvres sont plaquées contre la veine de mon cou, qui palpite sous l'effet de la chaleur qui monte au creux de mon ventre.

La tendresse qui émane de Jackson tandis qu'il bouge en moi fait monter les larmes à mes yeux. Je cherche ses lèvres, tentant désespérément de me raccrocher au dernier fragment de retenue qu'il me reste. Jackson sort à peine d'une relation qui a duré des années. Je n'ai aucune idée de ce qui attend notre couple. Ma présence à ses côtés n'est plus strictement nécessaire, mais je ne suis pas encore prête à le quitter. Parce qu'il est le seul à pouvoir me briser.

Il est déjà trop tard.

Un nouvel orgasme déchirant traverse mon corps entier, et je sais que je suis perdue.

Mon cœur entier n'appartient qu'à Jackson, et je ne le récupérerai plus jamais.

Chapitre Dix-Neuf

JACKSON

— Zut et flûte, marmonne Tenley.

— Tout va bien ?

J'ai passé la majeure partie de la semaine à regarder des vidéos de matchs. Entre la semaine de congé qui arrive et mon rendez-vous imminent avec les médecins de l'équipe, j'ai bon espoir d'être autorisé à participer au prochain match.

— Notre visite au musée a été annulée, explique Tenley en se laissant tomber près de moi sur le canapé.

Mes sens sont envahis de fraises et de soleil. Mon Dieu, je ne me lasse pas de son odeur. Mon appartement entier en est rempli. Comme si l'endroit n'avait jamais rien connu d'aussi agréable qu'elle.

— Pourquoi ?

— Apparemment, un tuyau a éclaté et il va leur falloir un moment pour nettoyer les dégâts, dit-elle en passant une main dans ses cheveux, frustrée. Ce qui me laisse avec quinze enfants de cinq ans et nulle part où les emmener.

— Pourquoi vous ne viendriez pas visiter les locaux de l'équipe ? proposé-je en mettant mon jeu sur pause.

— Sérieusement ? s'exclame Tenley, les yeux écarquillés.

— On a déjà accueilli des enfants dans le cadre de visites de ce genre. C'est pareil.

— Jackson, c'est pour cette semaine. Ils ne nous autoriseraient jamais à venir dans seulement quelques jours.

Je sors mon portable de ma poche et envoie un message rapide à un des cadres responsables du club.

— Ce n'est pas impossible. D'autant que, si les parents l'autorisent, on pourra publier une photo sur nos réseaux sociaux, pour montrer la bonne volonté de l'équipe. Les médias raffolent de ce genre de choses.

— Il faudrait que je voie avec la direction de l'école d'abord, mais c'est sérieux, Jackson ? dit Tenley en esquissant un sourire.

Je l'attire sur mes genoux.

— Je ferais n'importe quoi pour toi, murmuré-je contre ses lèvres.

Je sens son sourire grandir tandis qu'elle passe son bras autour de mes épaules.

— C'est.

Un baiser.

— Toi.

Un autre.

— Le meilleur.

Elle bondit hors du canapé, attrape son téléphone et commence immédiatement à passer quelques coups de fil. Elle se met à parler logistique avec son interlocuteur sans jamais me lâcher du regard.

C'est moi qui suis à l'origine de la joie que je lis sur son visage. Dans un réflexe on ne peut plus primitif, ma poitrine se gonfle de fierté à l'idée de l'avoir rendue si heureuse.

Mon téléphone vibre et me signale un message qui

affirme que l'équipe s'arrangera pour organiser le tout. J'indique à Tenley que tout est OK d'un geste du pouce et elle m'envoie un baiser en retour.

Yep, des réflexes primitifs.

***

— Bon, les enfants. Vous connaissez M. Jackson.

Une quinzaine de visages sont levés vers moi pendant les explications de Tenley. J'ai toujours cru que je serais terrifié de faire face à une bande de petits, mais mes visites à la classe de Tenley ces dernières semaines ont été très amusantes.

— Il habite ici ? crie un des élèves, au fond.

— C'est ici que s'entraînent les Mountain Lions, répond Tenley avec son plus beau sourire d'institutrice. Et ils vont nous montrer où ils font leurs exercices, et vous aurez même le droit d'aller sur le terrain.

Les parents qui accompagnent la classe ont l'air plus enthousiastes que leurs enfants. Mais ils vont bien s'amuser avec le programme que je leur ai concocté, je le sais.

— Vous êtes prêts ? je leur lance.

Quelques exclamations me répondent, mais la plupart semblent plutôt perplexes. Je jette un regard vers l'arrière du groupe, en direction d'Alex, qui attend avec la mascotte de notre équipe.

— Ce n'était pas terrible. Est-ce que vous avez hâte de jouer ? s'exclame-t-il, et tous les enfants courent vers lui.

— Ouah. Et moi, je compte pour du beurre ? demandé-je à Tenley, qui s'est glissée près de moi.

— Pauvre chou, dit-elle avec une moue qui me donne envie de l'embrasser. Tu es triste qu'Alex soit au centre de l'attention ?

— Qu'est-ce que tu proposes de faire pour me consoler

? répliqué-je en croisant les bras, mon visage tordu dans une fausse expression de tristesse.

Nous nous dirigeons ensemble vers le terrain, où Alex est en train de distribuer des ballons aux enfants. Coup de chance, tous les capitaines de l'équipe vivent à Denver, et ils n'étaient pas partis profiter de leur semaine de congé dans une maison à la plage.

— Je pourrais te dire que tu es mon joueur préféré, répond Tenley d'un air pince-sans-rire.

— Quel honneur, dis-je en levant les yeux au ciel.

— Hmm, fais Tenley avec un haussement d'épaules avant de se pencher vers moi. Les *quarterbacks*, c'est pas trop mon truc. Les *kickers*, par contre… c'est parfait.

Je sens un sourire se dessiner sur mon visage en la regardant partir.

— Un peu comme moi avec les institutrices de maternelle, lui lancé-je.

Knox et Colin se tiennent à l'arrière du groupe d'enfants auquel Alex explique les règles du jeu. Je n'ai jamais vu autant de visages fascinés. Je pensais que jouer les ennuierait, mais je constate qu'Alex est capable de captiver même le public le plus difficile.

Une des élèves, Lily, se tient légèrement à l'écart.

— Tout va bien ? lui demandé-je.

— C'est bizarre, dit-elle en tournant vers moi ses grands yeux marron.

— Qu'est-ce qui est bizarre ?

Je m'accroupis pour me mettre à son niveau. Pour la première fois depuis des mois, ce mouvement ne s'accompagne pas d'une douleur aiguë. Mon genou ne souffre pas. Et je le jure, c'est la meilleure sensation du monde.

— Pourquoi il n'y a pas de filles dans votre équipe ?

— Euh…

Ah, merde. Comment répondre à cette question sans passer pour un connard ?

— Moi, j'adore jouer au foot, parce que je sais super bien taper dans un ballon rond. Tu crois que j'y arriverais aussi avec le ballon ovale du football américain ? continue-t-elle, suivant le fil de ses pensées. J'envoie le ballon plus loin que mes frères, mais ils me croient pas.

— Lily ! siffle une femme qui doit être sa mère, derrière moi. Ce n'est pas la peine de lui raconter tout ça.

— Pas de problème, dis-je en lui adressant un geste. Tu veux essayer de taper dans un ballon ovale, Lily ?

— Je peux ? s'exclame-t-elle en ouvrant de grands yeux. Je parie qu'il ira super loin !

Je me lève et lui fais signe de me lancer le ballon qu'elle tient dans ses mains.

— Allez, on essaie.

Elle me suit en trottinant en direction des poteaux. Sa mère a sorti son téléphone et tapote furieusement sur l'écran pour nous prendre en photo.

— OK. Tu veux que je te montre comment on fait, ou tu sais déjà ?

— C'est bon, je sais faire ! crie-t-elle avec excitation, levant des bras qui semblent minuscules comparés à son pull trop grand pour elle.

— Je tiens la balle, et tu frappes.

Je la regarde se préparer. Quelques autres enfants sont venus assister au spectacle. Elle remonte la jambe et envoie le ballon valser une dizaine de mètres plus loin.

— Bravo, Lily, c'était super ! la félicité-je en levant la main pour qu'elle tape dedans.

Elle m'ignore.

— Mais j'ai pas réussi à l'envoyer entre les poteaux, dit-elle avec tristesse.

— Tu crois que j'avais réussi, moi, la première fois que j'ai voulu tirer ?

— Tu avais raté ?

— Absolument, dis-je en hochant la tête. J'ai dû beaucoup m'entraîner avant d'y arriver. Peut-être que si tu continues comme ça, tu joueras au même poste que moi, un jour.

— D'accord ! Je vais m'entraîner dur, alors !

Elle court après le ballon et d'autres élèves s'approchent pour tenter leur chance.

Je tiens le ballon pour chacun d'eux et ils s'éloignent ensuite pour jouer avec Alex. Bientôt, tout le monde m'a oublié, et Tenley revient vers moi.

— Tu sais que tu es tout à fait adorable quand tu joues avec les enfants ?

Son épaule frôle la mienne. Elle copie ma posture, bras croisés, tandis que nous regardons les efforts de mes coéquipiers qui tentent de pousser les petits à jouer. Quelques enfants se sont mis à poursuivre notre mascotte tout autour du terrain d'entraînement.

— Ils sont super, ces petits.

— Toi aussi, réplique-t-elle. Les gens ont souvent plus de mal que ça à les gérer.

Lily travaille à nouveau son coup de pied, et je la désigne d'un geste du menton.

— Je ne serais pas surpris qu'elle entre à la NFL, un jour.

— Merci, Jackson, murmure Tenley en se tournant vers moi, les yeux brillants de larmes.

— Ce n'est pas grand-chose.

— Je suis sérieuse, dit-elle en posant sa main sur mon bras. Tu m'as vraiment sortie d'une impasse, et je sais que tous mes élèves se souviendront longtemps de cette journée. C'est aussi spécial pour eux que pour moi. Alors, merci.

Peu de gens sont capables de me faire rougir. Je ne connais qu'une seule personne qui puisse le faire, à vrai dire. J'aimerais pouvoir la prendre dans mes bras sur-le-champ et lui montrer combien elle compte pour moi.

Mais à la place, je me force à sortir de cette bulle dans laquelle elle a le don de m'enfermer. Jouer au football m'aidera à me remettre les idées en place, à ramener mes pensées à des pentes moins glissantes.

— Je ferais n'importe quoi pour toi, Tenley. Ça ne changera jamais.

Chapitre Vingt

JACKSON

Je suis si nerveux que je pourrais en vomir. Même lors de mon premier match officiel, je n'étais pas aussi stressé.

C'est le grand jour. Aujourd'hui, j'espère recevoir enfin l'autorisation de retourner sur le terrain, à temps pour le match de ce week-end, après tout le travail que j'ai fait avec Paige et les coachs des unités spéciales pour confirmer que j'en étais capable.

Chaque coup de pied de ces derniers jours s'est bien passé. Mes gestes sont naturels, c'est comme s'il ne m'était jamais rien arrivé. J'espère récolter enfin les fruits de mon labeur.

— Prêt, Jackson ? dit le docteur en entrant dans la pièce où j'attends d'effectuer ma dernière série de radios.

— Putain, ça oui, marmonné-je avant de grimacer. Pardon.

— Pas de souci, répond-il avec un geste. J'ai l'habitude, à force de m'occuper de tous ces joueurs tapageurs.

Il règle la machine et j'en profite pour prendre quelques inspirations profondes. Je n'entends plus que les bourdonnements de l'appareil.

Je me force à me dire que ce n'est pas grave si je n'ai pas retrouvé toutes mes capacités. Chaque blessure est unique, chacune guérit à son rythme.

Mais putain, c'est pas facile. Je veux retourner sur le terrain. Je veux entendre les cris de la foule qui salue notre entrée. Les exclamations de joie lors d'une belle action. Le tonnerre d'applaudissements qui célèbre nos victoires.

Tout, je veux tout.

— Attends-moi là. Je reviens.

Le docteur quitte la pièce et me laisse seul avec le silence. Je ne suis pas sûr qu'il existe une sensation plus horrible que celle d'attendre une nouvelle qui pourrait être la meilleure comme la pire.

Je ne patiente pas longtemps. Le coach débarque dans la salle, et un poids m'alourdit l'estomac.

— Fields. Il paraît que tu attends une information importante.

— Oh, non. Ne me dites pas qu'ils vous ont envoyé pour m'annoncer la mauvaise nouvelle ?

— Au contraire, me dit-il en souriant. Tu es prêt à enfiler tes crampons, dimanche ?

— Vous êtes sérieux ?

— On ne peut plus sérieux. Le docteur t'a donné son feu vert.

— Oh, putain ! Merci !

Je m'affaisse d'un coup contre mon siège et les larmes me montent aux yeux. Je ne m'étais pas rendu compte du fardeau que cela représentait pour moi.

— Tu peux te joindre à tes coéquipiers pour l'entraîne-ment d'aujourd'hui. Je sais que tu vas vouloir y aller à fond, mais fais attention pour commencer, suis les conseils de tes coachs.

— Ce que vous voulez, Coach, dis-je d'une voix serrée

par l'émotion. Je suis si heureux d'être de retour. Je finissais par me dire que ce jour n'arriverait jamais.

Il me donne une tape sur l'épaule.

— Tout le monde est ravi de voir revenir notre capitaine des unités spéciales. Allez, maintenant, rejoins-les et montre-leur.

***

Je suis à peine entré dans l'appartement que Tenley apparaît à mes côtés.

— Alors ? Qu'est-ce qu'ils ont dit ? C'était une mauvaise nouvelle, c'est ça ? C'est pour ça que tu ne m'as pas appelée ? Oh, mon Dieu, c'est trop de pression.

Elle plaque ses mains sur son visage.

— Pas du tout, dis-je doucement en écartant ses doigts pour la regarder. Au contraire, tout va bien.

— C'est vrai ? dit-elle, un grand sourire se dessinant sur son visage. Tu joues ce week-end ?

— Je joue ce week-end.

— Oh ! s'exclame-t-elle en sautant dans mes bras pour couvrir mon visage de baisers. Jackson ! Je suis si fière de toi.

Quelques larmes coulent sur ses joues et elle enfouit sa tête dans le creux de mon cou.

— Ne pleure pas, murmuré-je malgré les picotements que je sens dans mes propres yeux en la serrant plus fort contre moi.

— Je sais bien que ce n'est pas la peine, dit-elle d'une voix étouffée. Mais je n'arrive pas à y croire. Tu vas jouer dimanche. Mon beau gosse de petit copain va enfin retourner sur le terrain avec ses Mountain Lions.

— Petit copain, hein ?

— Ce n'est pas le cas ? dit-elle en se dégageant, les yeux brillants des larmes qui ne sont pas tombées.

— Oh, si, carrément. J'aimerais juste que tu le répètes, dis-je en la déposant sur le dossier du canapé, ce qui la force à lever la tête pour me regarder.

— Mon petit copain joue ce week-end ?

— Putain, j'adore que ma copine me dise ça, grogné-je en calant à mon tour ma tête dans le creux de son cou.

— Pas autant que moi, dit-elle avec un rire lumineux, heureux.

— Il va falloir t'habituer à l'entendre souvent, Tenley. Tant que tu es heureuse, je le suis.

Chapitre Vingt et Un

JACKSON

— Tu es prêt pour demain ? demande Tenley en ajustant sa position sur ses jambes repliées tandis que je prépare mon sac.

— Oui, dis-je en hochant la tête.

— Ta jambe va toujours bien ?

Je referme la fermeture éclair, prêt à aller passer la nuit à l'hôtel avec l'équipe.

— Super bien. En pleine forme, dis-je avant de voir qu'elle se mord la lèvre. Qu'est-ce qui te préoccupe comme ça ?

Je me dirige vers le lit et attrape son menton pour relever sa tête. Notre proximité de ces dernières semaines m'a appris à déchiffrer ses émotions. Son visage ne cache jamais rien.

— Je suis inquiète, c'est tout. Mais je sais que tout ira bien.

— Tout à fait. Ils ne me laisseraient pas jouer s'il y avait le moindre risque.

Elle se dresse sur ses genoux pour passer ses bras autour de mon cou.

— J'ai l'impression que j'aurais bien plus à perdre maintenant s'il t'arrivait quelque chose.

— Ah oui ?

Je hausse un sourcil en glissant mes mains jusqu'à la courbe de ses fesses. Ses doigts tracent le contour de ma mâchoire.

— Je n'ai jamais été avec toi comme ça après un match. Je compte sur toi pour gagner.

— Ne t'en fais pas, dis-je en déposant un léger baiser sur ses lèvres. Quel que soit le résultat demain, le simple fait d'être sur le terrain représente déjà une énorme victoire.

— J'ai hâte de te voir jouer de nouveau, après si longtemps.

— Si longtemps ? fais-je en riant. Je ne suis absent que depuis la dernière saison.

— Et tu sais combien de temps il y a, entre deux saisons ? réplique-t-elle en frappant ma poitrine du plat de la main. Presque huit mois !

— Pas pour les joueurs.

— Mais pour les fans, oui. Et pour ma part, je suis prête à te voir jouer de nouveau.

J'enfouis mon visage dans son cou et mordille sa peau.

— Je ferai attention à réussir tous mes coups pour t'impressionner.

— Tu penses que c'est ça qui va m'impressionner, Jackson Fields ? dit-elle en riant.

— Je croyais que les filles adoraient les sportifs.

— Certaines filles, oui, dit-elle doucement, son visage prenant une expression de tendresse. Mais pas moi.

— Ah bon ?

— Pour moi, le sport, c'est ton métier. Mais ce n'est pas la seule chose que j'aime chez toi.

— Il y a quoi d'autre ? je murmure tout contre ses lèvres.

Mes doigts tracent l'ourlet de son T-shirt. Il faut que j'y aille si je ne veux pas être en retard, mais à l'instant, je m'en fiche. Impossible de m'en soucier alors que Tenley est dans mes bras.

— J'aime à quel point tu es attentionné. Même si tu joues les durs, en réalité, tu as le cœur tendre.

— Seulement avec toi. Ne va pas raconter mes secrets aux autres.

Je me penche un peu plus en sentant le souffle chaud de son rire contre ma bouche. Le doux gémissement qui lui échappe, le goût de vanille de son baume à lèvres me poussent à faire preuve de plus de passion. Ma langue cherche la sienne. Ses doigts se serrent brièvement dans mes cheveux avant qu'elle ne recule.

— Tu ne devrais pas y aller ?

— J'aimerais pouvoir rester ici avec toi.

— Je sais, réplique Tenley en plaquant un léger baiser sur mes lèvres. Mais je sais aussi à quel point tu as hâte d'être à demain. Alors, vas-y. Va faire tes rituels habituels de veille de match, et montre-leur de quel bois tu te chauffes !

Sa manière de parler me fait toujours sourire.

— On se voit demain après le match ?

Je me dégage à regret, et sa chaleur me manque immédiatement.

— Je serai la fille avec le maillot du numéro quatre.

L'image mentale de Tenley portant mon maillot entraîne une réaction immédiate de mon bas-ventre. Bien sûr, ce ne serait pas la première fois... mais c'était *avant*. Avant que notre relation ne progresse jusqu'à ce stade.

— Tu me tues, Tenley.

Elle m'envoie un baiser et je me force à me détourner.

Elle a raison : j'aurai beau être heureux de rester avec elle, j'ai par-dessus tout hâte de retourner sur le terrain.

Pour leur montrer de quel bois je me chauffe.

— Fields. Comment tu te sens ?

Le coach des unités spéciales s'approche de moi tandis que je vérifie les attaches de mes protections avant d'enfiler mon maillot.

— Bien. Prêt. Putain d'impatient d'y retourner.

— T'en as marre de cette question, hein ? me demande-t-il en souriant.

— Si on ne me la pose que lorsque je m'apprête à jouer, vous pouvez me le demander autant que vous voulez, je réponds en riant.

— Tant mieux. Bon, les gars, lance-t-il au reste de l'équipe. On a déjà parlé stratégie. Washington est une bonne équipe, mais si vous jouez comme prévu, tout ira bien.

Des exclamations d'approbation accompagnent notre sortie du vestiaire. On est tous impatients de jouer. Chacun de nous frappe le puma emblématique de notre équipe qui décore le mur avant de quitter la pièce.

J'ai le ventre serré par l'angoisse. Cela fait longtemps que je n'ai pas été aussi nerveux avant un match. Avant mon premier match dans l'équipe de la fac, j'ai vomi. Et avant mon premier match en NFL, d'ailleurs. Mais aujourd'hui, c'est différent. Je n'ai encore jamais eu de grand retour après une blessure comme celle-ci. Bien sûr, il m'est déjà arrivé d'avoir quelques douleurs et ecchymoses à l'occasion, mais rien de très exceptionnel pour un joueur de football américain.

Alex nous signale de nous regrouper au bout du tunnel qui donne sur le terrain.

— OK, les gars. Match de première division. On y va, on gagne pour notre ville, et pour nous tous. Et pour Fields, qui mérite d'achever son match de retour sur une victoire écrasante.

Ses mots sont noyés sous le grondement de la foule bien avant que nous ayons le temps de procéder à notre rugissement traditionnel d'avant-match.

Putain, ce que ça fait du bien.

Et c'est encore mieux quand l'entrée de notre équipe est annoncée.

Une fois que je me retrouve à franchir le bout du tunnel au petit trot, à fouler l'herbe de mes crampons et à entendre les exclamations des fans, tout mon stress laisse place à de l'excitation.

Il n'y a rien de tel qu'un bon jour de match. Cette énergie qui bat dans tout le stade, cette façon qu'a la ville d'être entièrement unie le dimanche après-midi en soutien à son équipe.

Je me tiens au bord du terrain tandis que le drapeau américain est déplié sur toute la surface de la pelouse. Tout se passe très vite. En un rien de temps, nous avons gagné le pile ou face et c'est notre défense qui occupe le terrain.

Washington est une bonne équipe, c'est vrai.

La nôtre est meilleure. Et ce n'est pas de l'arrogance de ma part. Notre défense démolit méthodiquement leur attaque. C'est magistral.

Nous remportons facilement cette phase.

Je sens l'adrénaline monter en moi. D'habitude, je suis toujours content quand on gagne des *touchdown*. Mais aujourd'hui ? Je veux que les premiers points sur le tableau des scores soient les miens.

Notre attaque remonte le terrain avec le ballon, mais Washington les arrête à la ligne des vingt yards.

Au tour des *field goals*.

— Allez, c'est parti ! je lance à mes coéquipiers.

Je m'élance sur le terrain et prends une grande inspiration pour me concentrer. Mon stress s'est évaporé. C'est pour ça que je m'entraîne tous les jours. Taper dans un ballon, c'est une seconde nature.

Un des gars de l'équipe est en place pour positionner le ballon et me regarde pour me demander une confirmation. Je recule de deux pas et m'aligne par rapport au but.

Je suis prêt.

Je tape le terrain du bout du pied tandis que le ballon est placé au sol. Un pas, deux, et je ramène ma jambe en arrière avant de frapper et de regarder le ballon voler pile entre les deux poteaux.

Putain, c'était incroyable. Aucune douleur dans mon genou. La familiarité du coup qui part, la vision du ballon qui s'élève dans les airs.

C'est ma raison de vivre. Je n'ai jamais rien connu de pareil.

J'étais inquiet à l'idée d'être rouillé, d'avoir perdu l'habitude.

Mais c'est comme le vélo. Ça ne s'oublie pas.

Je sors du terrain en petites foulées et reçois des tapes dans le dos de la part des coéquipiers que je croise.

— Bien joué, Fields. Continue comme ça, me dit le coach tandis que je vide une bouteille de Gatorade et m'installe à nouveau à ma place au bout du banc.

La défense reprend son travail. Ça ne devrait pas me réjouir à ce point de les voir détruire leur *quarterback*, qui débute à peine, mais j'adore. J'adore voir tous les rouages tourner dans la machine de notre équipe.

Notre défense les arrête, et l'attaque repart sur le

terrain. L'ambiance du stade est électrique. Rien ne nous arrêtera, aujourd'hui.

Sinclair lance le ballon sur le terrain et je balaye le stade du regard jusqu'à repérer les loges réservées à la famille.

Mes parents et mon frère sont déjà venus me voir, mais Rachel n'a jamais assisté à mes matchs. Elle avait mieux à faire, me disait-elle chaque fois. Savoir que Tenley s'y trouve aujourd'hui me donne envie de jouer encore mieux.

Je la sens me regarder, même depuis ma place sur le banc. Je souris derrière ma bouteille à la pensée de la retrouver après le match.

Notre attaque remonte le terrain avec une précision d'experts. Une avancée par-ci, un franchissement de la ligne des vingt yards par-là. L'attaque procède sans heurt et le premier *touchdown* semble presque facile.

Après ça, l'équipe continue sur sa lancée.

Je me nourris de l'énergie des gars, de celle des fans. Chaque coup de pied est meilleur que le précédent. Chaque fois que je sors sur le terrain, j'ai l'impression que ma jambe est plus solide.

En un rien de temps, le sifflet final retentit dans le stade. Vingt-quatre points pour Denver, dix pour Washington.

Notre victoire remplit l'air des vestiaires d'une électricité triomphante.

— Excellent match, les gars, superbe victoire. Chaque aspect du jeu était impeccable. L'attaque, la défense, les unités spéciales. Je sais que nous allons encore faire face à des adversaires redoutables, mais pour ce soir, fêtez ça… sans pour autant oublier notre objectif final, annonce notre coach, tandis que son assistant lui tend un ballon. Le ballon du match d'aujourd'hui revient de droit à notre *kicker*. Fields, où es-tu ?

Les gars m'entourent et me poussent vers le milieu de la pièce. D'habitude, je déteste me retrouver au centre de l'attention, mais ce soir, l'énergie de l'équipe est contagieuse.

— Tu as travaillé dur pour pouvoir revenir, et tu as grandement participé à notre victoire du jour. Tu as bien mérité ce ballon, dit-il en me le tendant.

— Un discours ! Un discours ! Un discours ! scandent mes camarades.

— OK, OK, c'est bon, dis-je en essayant de les calmer, ce qui ne fait que les pousser à crier plus fort. Merci à tous pour votre soutien. Cette journée était incroyable, et je suis fier de faire partie des Mountain Lions.

Sifflements et exclamations retentissent autour de moi tandis que l'équipe finit par se disperser. Je réponds à quelques questions de la presse avant de me diriger enfin vers les douches.

Mes veines sont encore pleines d'adrénaline. Maintenant que le match est terminé, il n'y a qu'une seule personne avec qui j'ai envie d'en profiter.

Je me change et enfile de nouveau mon costume avant d'attraper mon sac et de partir en direction des loges. Je repère immédiatement Tenley, qui joue avec les enfants de quelques-uns des joueurs plus âgés. Mes lèvres s'étirent d'elles-mêmes en un sourire. Je ne la rejoins pas ; je me contente de la regarder, d'admirer la tendresse qui se lit sur son visage tandis que les petits lui racontent leurs histoires.

Lorsqu'elle finit par remarquer ma présence, son sourire s'agrandit.

— Jackson ! s'exclame-t-elle en se jetant dans mes bras. Tu as été incroyable ! Tous ces points de *field goals*, et les quatre points bonus. Parfait.

La fierté qui emplit sa voix manque de me faire tomber à la renverse.

— C'était trop bien, dis-je en enfouissant ma tête dans le creux de son cou en la serrant plus fort contre moi.

— Et comment va ton genou ? demande-t-elle en se dégageant.

Son visage est rosi par le froid. Un petit tatouage éphémère de puma orne sa joue.

— Bien. J'ai mis de la glace après le match, mais tout va bien.

— Tu étais magnifique. Je suis si fière de toi, dit Tenley en attrapant mon visage pour planter un baiser bruyant sur mes lèvres.

— Je n'y serais jamais parvenu sans toi.

— Bien sûr que si, dit-elle en rougissant un peu plus.

— Non, je suis sérieux, insisté-je en secouant la tête. Qui sait où je me serais retrouvé si tu n'avais pas été là pour m'aider ?

— Ma place est à tes côtés, Jackson.

Les doigts de Tenley jouent avec les boutons de ma chemise et ses yeux bleus sont plongés dans les miens.

J'y lis de la fierté, et quelque chose d'autre. Une émotion qui provoque en moi un tourbillon de chaleur. À cet instant, le stade est bien le dernier endroit où j'aimerais me trouver.

— Tu es prête à partir ?

Elle hoche la tête et me prend la main avant de se diriger vers la sortie.

Après un match comme celui-là, aussi parfait, je n'ai qu'une envie : passer la nuit avec la femme que je préfère au monde.

Chapitre Vingt-Deux

La porte s'est à peine refermée que Jackson est là. Sa main ne s'est pas détachée de ma cuisse de tout le trajet du retour. Ses longs doigts remontaient de plus en plus haut, vers l'endroit où j'aurais réellement voulu les sentir. Dans la voiture, l'air était chargé d'électricité.

Et il a pris feu dès l'instant où nous sommes entrés dans l'appartement.

— Putain, ce que tu es belle avec mon maillot, grogne Jackson en me plaquant contre le mur, ses mains fourrées sous le T-shirt qui porte son numéro. Si sexy.

Il dépose des baisers brûlants le long de ma mâchoire, suce et mordille ma peau. Son érection pulse entre mes jambes et je m'agrippe à ses épaules.

— Tu étais incroyable, aujourd'hui, dis-je en empoignant ses boucles soyeuses. Un vrai démon.

Jackson se dégage, le regard assombri de désir.

— C'est parce que tu me regardais jouer.

— Et ça t'a donné envie d'être meilleur ?

— Tu me jugerais si je te disais que oui ? demande-t-il avec un sourire arrogant.

— Non, je réponds en secouant la tête. Je suis heureuse que tu veuilles m'impressionner, même si ce n'est pas la peine.

Je me penche pour attraper sa lèvre inférieure entre mes dents. Jackson prend vite le contrôle du baiser et je sens une boule de chaleur monter dans mon ventre. Malgré le froid de l'après-midi, ma peau est incandescente, brûlante de désir tandis que Jackson me porte jusqu'à sa chambre.

Il me laisse tomber sur le lit et me dévore du regard. Je sens ses yeux parcourir mon corps tout entier, et je frissonne à leur passage, comme marquée au fer.

— Je mourais d'envie de t'avoir enfin sous mon corps, murmure Jackson en écartant mes genoux pour s'installer entre mes jambes.

Une de ses mains caresse ma cuisse, mais il ne me lâche jamais du regard, concentré exclusivement sur moi. Ses doigts puissants défont le bouton de mon jean et baissent la fermeture de ma braguette. Après ça, Jackson s'interrompt et se contente de me regarder.

Ses pupilles sont obscurcies par le désir. Je me passe la langue sur les lèvres. Le renflement de son pantalon ne cache rien de ses sentiments.

Il se laisse lentement tomber sur mon corps et je pousse un gémissement en le sentant entre mes jambes, à l'endroit où je le désire le plus. L'odeur de son gel douche me monte à la tête tandis que ses lèvres se posent sur mon cou.

— Mon Dieu, tu es délicieuse, murmure-t-il alors que je remue sous son poids pour sentir sa peau contre la mienne. C'est fou que ce soit aussi enivrant de te voir comme ça, continue-t-il en se reculant pour glisser sa main le long de mon corps et serrer dans son poing le bas du maillot que je porte.

La possessivité dans son regard me pousse à me figer. Je

ne l'ai jamais vu comme ça. Le Jackson que je connais et que j'aime depuis si longtemps n'a jamais été très direct dans l'expression de ses émotions.

Mais ce Jackson-ci ne dissimule rien. Et le grondement qui s'échappe de sa poitrine tandis qu'il se penche à nouveau pour capturer mes lèvres dans un baiser passionné ?

Il signifie que je suis à lui. Rien qu'à lui.

Et à cet instant, il n'y a rien que je désire plus que le laisser me posséder entièrement, m'adorer, me dominer comme il le souhaite.

Jackson repousse mon maillot épais et le T-shirt que je porte en dessous jusqu'à les passer par-dessus ma tête. Mes tétons durcissent sous son regard brûlant. Il me déplace jusqu'au centre du lit et plaque sa bouche sur le tissu si fin de mon soutien-gorge.

Un gémissement franchit mes lèvres.

— Oh, Jackson.

Ses grandes mains caressent mon ventre et je sens mon intimité se recouvrir d'une moiteur révélatrice. Lorsque sa main finit par se glisser sous ma culotte, ses doigts se pressant contre mon clitoris, je dois me mordre la lèvre pour ne pas jouir sur le coup.

— Tu aimes ça ? demande Jackson en embrassant la courbe de mon sein.

— Tu sais bien que oui, je réponds d'une voix haletante tandis qu'il écarte mon soutien-gorge pour plaquer sa bouche sur mon téton. Entre ses lèvres sur ma peau et ses doigts qui vont et viennent entre mes cuisses, je me rapproche à toute vitesse du sommet de mon plaisir.

— C'est si bon. Si bon, je gémis.

Je me cambre pour me presser contre son corps et il couvre ma poitrine de baisers, remontant jusqu'à mon cou.

Chaque caresse de sa bouche brûle ma peau, brûle mon âme. Chacune me marque comme étant sienne.

Et tandis que Jackson glisse un doigt en moi, la réalisation me frappe comme un coup au cœur, avec une clarté que je n'ai pas connue depuis très longtemps.

Je suis à lui.

Complètement, de tout mon être.

C'est ce que j'avais toujours voulu, mais je ne l'avais jamais été jusqu'ici.

Et maintenant que c'est le cas, je comprends que je refuse de le perdre.

Mon orgasme m'atteint comme une force silencieuse, tellement puissant que les larmes me montent aux yeux. Je m'accroche à Jackson et traverse les vagues de plaisir tandis que son front se pose sur le mien.

— Tenley, murmure-t-il comme une prière.

J'enroule mon bras autour de ses épaules pour m'ancrer à lui, toujours plongée dans les affres de mon extase.

— Putain, tu es si sexy quand tu jouis.

Il se recule et me dévore de ses yeux sombres, prolongeant encore mon orgasme, avant de se relever pour se débarrasser de ses vêtements. Son sexe dur est enfin à l'air libre, et je me lèche les lèvres d'impatience.

Je le regarde enfiler un préservatif avant de revenir jusqu'à moi. Son poids sur mon corps est la sensation la plus délicieuse au monde. La façon dont sa poitrine frôle mes tétons. Dont ses mains caressent mon ventre, qui tremble d'excitation.

—Jackson, je t'en prie. Je te veux.

Ses lèvres déjà gonflées par nos baisers s'écrasent sur les miennes tandis qu'il pénètre en moi d'un seul mouvement lent.

Je ne m'habituerai jamais à cette sensation. Chaque fois qu'il entre en moi est encore meilleure que la précédente. Nos corps se joignent dans un rythme parfait, mes hanches se soulevant à la rencontre des siennes avant de se séparer lorsqu'il retire lentement son membre si dur, puis le plonge à nouveau en moi.

Son front est couvert de sueur alors qu'il remonte ma jambe un peu plus haut sur sa taille.

— Putain, qu'est-ce que c'est bon.

Ses mots sont étouffés par la peau de mon cou. Mes ongles se plantent dans son dos tandis qu'il redouble d'ardeur, non plus lent et maîtrisé mais rapide et plein de fougue.

Chaque mouvement de ses hanches lui permet de pénétrer encore plus profondément en moi, et la chaleur qui brûle au creux de mon ventre s'apprête à m'embraser tout entière.

— Jackson, j'y suis presque.

— Moi aussi, Tenley. Je ne peux plus me retenir.

Il se déverse dans le préservatif et mon propre orgasme m'envahit peu après. Ses mouvements se font plus lents tandis qu'il m'étreint le temps que les vagues de plaisir retombent. Je ressens les effets de cet orgasme dans chaque recoin de mon corps ; il modifie mon essence même et s'imprime à jamais en moi.

Jackson m'a marquée jusqu'à l'âme. Il se laisse tomber sur moi et nos souffles se mêlent tandis que nos corps se remettent de l'expérience inoubliable que nous venons de partager.

— Putain, Tenley. Je crois que je me suis évanoui pendant une seconde.

Je passe lentement mes doigts dans ses cheveux, mon ventre papillonnant à ses mots.

— Hmm, je vois ce que tu veux dire. C'était…

Les mots ne suffisent pas à le décrire.

— Je sais, fait Jackson en pressant un baiser sur le haut de mon sein, au niveau de mon cœur.

À l'endroit même où il réside désormais.

Jamais, même dans mes rêves les plus fous, je n'aurais imaginé en arriver là avec lui. Il est tout ce que j'ai toujours voulu, et bien plus encore.

Je ne peux qu'espérer que cette relation va durer, mais maintenant qu'il est de nouveau autorisé à jouer, je sais que le football va redevenir sa priorité dans la vie.

Je croise les doigts pour ne pas perdre ma place.

Chapitre Vingt-Trois

TENLEY

— Alors, on est pour qui, cette fois ? demandé-je en prenant une bouchée de pizza, les yeux fixés sur le match à l'écran.

Zéro partout au deuxième quart-temps, aucune équipe n'a l'air de prendre le dessus sur l'autre.

— Vegas, même si ça me fait mal de le dire. S'ils gagnent, on se rapproche de Kansas City dans les éliminatoires.

Je secoue la tête et des gouttes d'eau de la douche que je viens de prendre tombent sur mon T-shirt.

—Je ne comprendrai jamais rien aux calculs des éliminatoires.

— Tenley, honnêtement, je pense que même les joueurs les plus aguerris ne savent pas qui doit perdre quel match de combien de points, quand c'est aussi serré, dit Jackson en se tournant vers moi.

Son sourire espiègle me dit tout ce que j'ai besoin de savoir. Ses doigts tracent des cercles sur ma jambe nue. En rentrant du match, il était encore plein d'adrénaline. Non que je m'en plaigne. Je savoure chaque occasion que j'ai d'être avec lui.

La saison est déjà bien avancée, et les Mountain Lions sont en bonne voie pour passer le stade des éliminatoires.

— Pour autant, je n'ai aucune envie d'encourager Vegas.

— C'est pour le bien de Denver, plaide Jackson.

— Dans ce cas, je serai agacée pour toi. Je déteste le gars qui t'a fait ça, dis-je en serrant légèrement son biceps, les yeux baissés vers le pack de glace qui fond sur le lit.

Je prends une dernière bouchée de ma pizza et jette la croûte dans la boîte désormais vide avant de m'essuyer les mains.

— J'aime cet aspect de ta personnalité.

— Ah oui ? Quel aspect ? demandé-je en suivant du doigt une veine qui ressort sur son bras.

— L'aspect protecteur, répond-il en pressant ma cuisse, provoquant en moins un nouvel éclair de désir.

Je me place au-dessus de lui et ses yeux s'assombrissent.

— Je n'apprécie quand même pas de te savoir blessé et de devoir ensuite encourager l'équipe responsable.

Jackson serre ses mains sur mes fesses et m'attire à lui. Je prends appui sur ses pectoraux solides et inspire l'odeur entêtante de son savon.

— Je suis heureux de t'avoir de mon côté, murmure-t-il en frôlant mes côtes jusqu'à atteindre le point de mon cou où on sent mon cœur battre.

— J'ai toujours été de ton côté.

Je laisse tomber mon front contre le sien et il caresse ma lèvre inférieure de son pouce, me faisant gémir doucement.

— Et c'est un aspect de toi que je suis heureux de découvrir un peu plus.

— Tu crois qu'on s'en serait sorti ?

— Si on s'était mis ensemble au lycée, tu veux dire ? dit-il, complétant ma pensée.

Je hoche la tête.

Il se recule, et les bruits du match se fondent peu à peu dans l'arrière-plan.

— Honnêtement, je ne sais pas. Et si on avait fini comme Rachel et moi ?

— Qui peut dire si c'est ce qui serait arrivé. Surtout, je ne suis pas sûre que j'étais prête pour toi, à l'époque.

— Putain, moi, je sais que je ne l'étais pas, répond Jackson avec un petit sourire. Je crois que la raison pour laquelle c'était si facile de sortir avec Rachel, c'est parce qu'on n'était pas vraiment amoureux.

— Ah bon ?

Je fronce les sourcils, confuse, et Jackson s'appuie contre la tête de lit, laissant ses mains parcourir mes cuisses.

— Le temps que je me rende compte, au lycée, que j'étais assez doué en football américain pour obtenir une bourse à l'université, Rachel ne me voyait plus que comme un moyen d'augmenter sa popularité. Mais c'est pour ça que j'ai pu me consacrer autant à mon sport et devenir assez bon pour entrer à la NFL.

— Pourquoi ne pas avoir rompu quand tu as été sélectionné, alors ?

— Pour éviter les groupies, dit-il en riant.

— Ah, oui. Jackson Fields, sex-symbol. Toutes les femmes se seraient jetées sur toi.

— Tu blagues, mais c'est vrai, insiste Jackson en pointant le doigt dans ma direction.

Je l'attrape et glisse ma main dans la sienne.

— Donc tu es resté avec Rachel parce que c'était pratique ?

— Et je n'en suis pas fier, mais on a tous les deux utilisé

l'autre, dans une certaine mesure. Elle pour gagner en popularité, et moi pour éviter de devoir gérer le style de vie inhérent au métier de sportif professionnel.

Je voudrais lui demander ce que tout cela signifie pour notre relation à nous. Mais c'est encore si récent. Le passage de l'amitié à l'amour s'est fait facilement, presque trop. Jackson ne me voit-il que comme une manière de passer le temps ?

— Tu réfléchis à des choses bien sérieuses, Tenley, dit Jackson en passant son doigt entre mes yeux.

— Et qu'est-ce qui te fait dire ça ?

— Je te connais bien.

— C'est vrai.

Je contemple ce visage que j'ai aimé depuis la première fois que je l'ai vu. J'ai du mal à me rappeler d'une époque où je n'étais pas amoureuse de Jackson.

— Alors, à quoi tu penses ?

— Tout s'est passé très vite, entre nous.

— Et ça t'inquiète.

— C'est la suite, qui m'inquiète, acquiescé-je en hochant la tête.

D'un coup, Jackson me repousse en arrière sur le lit et se positionne au-dessus de moi.

— Tu n'as aucun souci à te faire.

Son nez frôle le mien, son souffle caresse mon visage. Chaque fois qu'on se retrouve dans ce genre de situation, le désir bat dans mes veines. Pourtant, je devrais commencer à avoir l'habitude.

— Quoi qu'il arrive, Tenley, on sera toujours ensemble, ajoute-t-il.

À ces mots, mon cœur menace d'exploser. Je pensais l'aimer, avant. Mais ce n'est rien par rapport à ce que je ressens désormais.

Je pose mes lèvres sur les siennes pour un baiser lent et

sensuel. La caresse de sa langue embrase mon corps entier ; chacune me donne envie d'en avoir plus.

Je n'ai jamais autant *désiré* qui que ce soit autant. Chaque cellule de mon corps vibre du besoin de sentir sa peau.

— J'aime le goût que tu as, murmure Jackson avant de se reculer légèrement pour prendre mon visage dans sa main. J'aime la manière dont tu me regardes. Ton odeur. J'aime tout de toi.

— Hmm, Jackson.

Ce ne sont pas tout à fait les mots que j'ai envie d'entendre, mais il me désire néanmoins. J'enroule mes jambes autour de sa taille ; j'ai l'impression que je risque de me consumer si je ne le sens pas en moi au plus vite.

Jackson retire mon T-shirt et pousse un grognement à la vue de mon corps nu.

— Putain, marmonne-t-il en se penchant pour mordiller mon cou.

Je sens l'intérieur de mes cuisses se remplir d'une moiteur révélatrice et je griffe la peau de son dos de mes ongles, glissant jusqu'à pouvoir jouer avec l'élastique de son jogging.

— Je te veux, Jackson.

Il trace un chemin brûlant de baisers de mon cou à ma poitrine.

— Patience, Tenley.

Il recouvre mon téton de ses lèvres.

— J'aime tant sentir ta bouche sur moi.

— Hmm, j'aime à quel point ton corps est sensible.

Chaque centimètre de ma peau se couvre de chair de poule. L'air qui nous entoure est électrique de tension.

Jackson embrasse mon corps jusqu'à arriver à mon autre sein, où il mordille mon téton durci. Je roule des hanches sous son poids, une supplique. Je sens son propre désir, dressé contre ma cuisse.

Ses lèvres descendent le long de mon corps, un murmure contre ma peau tandis qu'il écarte mes jambes. Ses yeux trouvent les miens, remplis d'un air malicieux, et sa langue se glisse dans mes remplis les plus intimes.

—Oh !

C'est trop. Ce n'est pas suffisant. Il me dévore de sa langue et de ses doigts, fait monter mon plaisir. Je suis presque en transe, mon corps se tord, hors de contrôle, tandis que mon orgasme manque de me déchirer en deux.

Des étoiles éclatent derrière mes paupières et je suis traversée d'éclairs brûlants. Jackson n'interrompt pas ses mouvements et me guide à travers cet orgasme qui compte parmi les plus intenses de ma vie. Je ne savais pas que le sexe pouvait être ainsi. Peut-être est-ce si bon parce que je suis avec un homme que j'aime et qui m'aime.

Mon corps se détend enfin, mais ma respiration reste haletante.

—Je n'ai jamais vu une femme aussi belle que toi, dans cet état, murmure Jackson contre ma bouche. Cette image sera à jamais gravée dans mon esprit.

J'ouvre les yeux et note le désir encore lourd dans le regard de Jackson. Je presse mon corps contre le sien, sa peau nue contre la mienne. Même un courant d'air ne passerait pas dans l'espace qui nous sépare.

—Je veux te sentir en moi.

Jackson tend le bras vers la table de nuit pour y saisir un préservatif, mais je l'arrête d'un geste, lui signifiant sans un mot que je ne veux rien entre nous.

— Tu es sûre, Tenley ?

— Oui. S'il te plaît, dis-je dans un souffle.

Jackson écrase ma bouche de la sienne et j'y sens le goût de mes propres fluides. Je l'entoure de mes bras ; je voudrais être encore plus proche de lui. Jackson répond à mon besoin en s'enfouissant en moi d'un seul mouvement rapide.

J'émets un hoquet qui se perd dans sa bouche et il s'immobilise.

— Je ne vais pas tenir longtemps, dit-il, ses mots brûlant le côté de mon cou. C'est trop bon d'être en toi.

Mon corps se serre autour de son membre, encore sensible après mon premier orgasme.

— Dépêche-toi, alors.

Le va-et-vient de Jackson est intense et lui permet d'atteindre un endroit à l'intérieur de mon corps qui me coupe le souffle. Je sens mon front se couvrir de sueur tandis que je m'efforce de retenir mon deuxième orgasme de la soirée. Je veux savourer la sensation de Jackson en moi, sans la moindre barrière entre nous.

Jamais rien n'a été si bon. Si évident.

Jackson se redresse sur ses coudes et me dévore d'un regard qui me fait me sentir adorée. Je glisse mes mains dans sa nuque et l'attire vers moi.

— Jouis pour moi, Tenley. Putain, j'y suis presque.

Ses mouvements se font plus violents, plus rapides. Ses doigts caressent mon ventre jusqu'à se poser sur mon clitoris. Une pression, une deuxième, et je suis submergée à nouveau.

Mon corps se défait si facilement sous ses caresses. C'est comme si j'étais possédée. Je n'ai jamais rien ressenti de tel ; j'ai l'impression que mon corps est si stimulé qu'il risque d'exploser si je ne lui donne pas un moyen de se libérer.

L'amour. Le plaisir. L'extase.

— Tenley.

Mon nom n'est qu'un grognement qui s'échappe de la bouche de Jackson lorsque je le sens se déverser en moi.

Mon propre plaisir en est prolongé. L'électricité dans l'air crépite lorsque Jackson me prend dans ses bras et se retourne sur le dos.

— Comment tu te sens ? finit-il par demander après un certain temps.

Nos corps se détendent lentement et nous restons là, immobiles, aucun de nous ne manifestant le désir de bouger.

— Heureuse. Rassasiée.

— C'est tout ?

Le doigt de Jackson descend le long de mon bras.

— Il manque quelque chose ?

Je m'enfonce dans ses bras et embrasse ses muscles fermes.

Jackson se laisse glisser hors de mon corps et ajuste sa position dans le lit pour me regarder dans les yeux. Son regard me coupe le souffle.

— Amoureuse ?

Les couleurs de la télévision allumée projettent un éclat vacillant sur son beau visage.

— Je sais que c'est un peu tôt, mais je t'aime, Tenley.

— Ah oui ?

Jackson replace une mèche de cheveux égarée derrière mon oreille. Chaque fois qu'il me touche, c'est comme si c'était la première. Mon corps est électrique dès qu'il approche. Je ne veux jamais perdre cette sensation.

— J'ai pris plus de temps à m'en rendre compte que j'aurais voulu, mais oui, dit Jackson en prenant une inspiration nerveuse. Je n'ai pas reconnu mes propres sentiments parce que je n'ai jamais rien éprouvé de pareil.

— Je comprends. Je n'ai jamais ressenti ça que pour un seul homme.

Jackson pousse un grognement. L'éclat prédateur dans

son regard m'apprend qu'il n'a aucune idée de ce dont je parle.

— Je ne veux pas entendre parler de lui.

— Tu es sûr ? je le taquine en le repoussant sur le lit pour le surplomber.

— Oui.

Nouveau grognement.

— C'est dommage, dis-je en passant mon doigt sur son nez, puis sur ses lèvres, puis le long de sa mâchoire. Parce que j'adore parler de lui.

Ses yeux s'éclairent enfin d'une lueur de compréhension.

— Dis-m'en plus, dit-il en croisant les bras derrière sa tête, son attention concentrée sur moi.

— Il est un peu grincheux, parfois.

— Je ne suis pas grincheux.

— Il a aussi du mal à gérer les critiques, semble-t-il, répliqué-je en pressant mon doigt sur ses lèvres pour le faire taire. J'en apprends tous les jours un peu plus.

Une veine pulse dans sa mâchoire tandis qu'il suce le bout de mon doigt.

— Il me soutient, même quand il est lui-même occupé à préparer son retour sur le terrain.

Jackson caresse ma cuisse et m'attire à lui.

— Continue.

— Il embrasse plutôt bien. Et c'est un *kicker* passable.

— Je retire tout ce que j'ai dit.

Jackson chatouille mes côtes et j'éclate de rire.

— Tu as toujours été aussi insolente ?

— C'est l'effet que tu as sur moi.

J'essaie de le repousser, mais il me serre encore plus fort entre ses bras. Je me débats encore lorsqu'il se redresse sur ses talons.

— Retire ce que tu as dit.

— Quelle partie ? répliqué-je en m'asseyant à mon tour. Je n'ai fait que dire la vérité.

— Tu as de la chance que je t'aime, Tenley.

— Oui, j'imagine bien que ce n'est pas facile de tolérer quelqu'un comme moi.

Jackson roule jusqu'au bord du lit et se dirige vers la salle de bain, la faible lueur de la télé mettant parfaitement en valeur le superbe spécimen qui me tourne le dos.

— Hé.

Je m'agenouille et avance jusqu'à lui pour l'entourer de mes bras par l'arrière. Je suis enfin capable de murmurer ces mots que je ne lui ai pas encore dits.

— Je t'aime, Jackson. Je t'aime depuis longtemps, et pour longtemps encore.

Ses mains chaudes se posent sur mes bras.

— Je ne me lasserai jamais de t'entendre dire ces mots.

Je presse un baiser sur sa nuque.

— Je te les dirai tous les jours, dans ce cas. Je t'aime. Je t'aime. Je t'aime.

Jackson se retourne dans mes bras et je suis submergée par une vague de bonheur et de chaleur.

— Je t'aime. Bon, maintenant, il me semble qu'on a tous les deux besoin d'une bonne nuit de sommeil. Demain va être une longue journée.

Jackson me prend dans ses bras et nous installe tous deux dans le lit, amenant d'un geste le drap recouvrir nos corps. Je sens sa force silencieuse m'envahir tandis qu'il éteint la télévision et que nous nous calons plus confortablement dans les bras l'un de l'autre.

Ce n'est pas désagréable, d'entendre ces mots que je rêvais de l'entendre dire depuis la seconde. Lorsque je trouve le sommeil, c'est avec un sourire aux lèvres devant la perfection de ce moment.

Chapitre Vingt-Quatre

JACKSON

— Jackson. Tu peux passer dans mon bureau ?

La voix du coach résonne dans la salle de muscu. Je range la barre avec laquelle je m'entraînais et le suis hors de la pièce sous les regards surpris des autres gars. J'ai l'impression d'être convoqué dans le bureau du principal.

— Qu'est-ce qu'il y a, Coach ?

Je suis debout, de la sueur coulant de chacun de mes pores, tandis que j'attends d'entendre la mauvaise nouvelle que je peux lire sur son visage.

— Tu as vu les articles ?

Il jette un magazine sur son bureau. Une photo de Rachel et moi m'observe depuis la couverture, sous le titre *L'Ex de Fields se confie : un amant égoïste ?*

— Oh, putain. Elle est sérieuse ?

Je balance le magazine dans la poubelle et m'enfonce dans un fauteuil, extrêmement frustré de la tournure que vient de prendre ma journée.

— Je me doute que tu n'as aucune envie de t'occuper de ça, mais tu n'as pas le choix.

Coach a toujours été l'une des personnes les plus patientes

que je connaisse ; il ne lève jamais la voix et sa présence calme et rassurante est indispensable dans les vestiaires.

— Même si tout ça n'est qu'un tas de conneries ?

Je n'ai pas besoin de lire l'article pour savoir qu'il ne comporte que des mensonges. Rachel a toujours eu tendance à tordre la vérité comme ça l'arrangeait pour parvenir à ses fins.

Les lèvres de Coach s'étirent en une grimace.

— Si tu ne dis rien, tu auras l'air coupable. C'est souvent comme ça. Même si tout est faux, il faudra faire un communiqué officiel.

Je lève les yeux au ciel. J'aurais dû me douter que Rachel prendrait sa revanche. Même si elle jouit de sa propre popularité en tant qu'influenceuse, j'étais un moyen très utile pour elle de ramasser de l'argent.

— Et si jamais ça ne marche pas ?

— On s'en occupera à ce moment-là, répond Coach en haussant les épaules. Pour l'instant, concentre-toi sur ton jeu. On joue contre Buffalo ce week-end, et ils sont sur une très bonne lancée.

— Ça marche, dis-je avec un hochement de tête, m'efforçant de sortir ce fichu article de mes pensées.

Je me relève et retourne à la salle de muscu terminer ma série. Impossible de me concentrer. Je me fiche complètement de Rachel et de ce qu'elle peut dire sur moi. Ce ne sont que des mensonges. Par contre, je m'inquiète pour Tenley et de la manière dont elle va réagir.

Je n'ai aucune envie qu'elle se laisse affecter par tout ça.

Tenley

— Tu vas bien ?

La voix profonde de Jackson m'arrache à mon découpage de légumes énervé. Je lève la tête et croise ses yeux inquiets.

— Pourquoi ça n'irait pas ? Je viens seulement de lire un paquet d'articles sur ta vie sexuelle avec Rachel, dans les moindres détails, d'ailleurs, quelques heures à peine avant que ma famille ne vienne dîner, je réponds avec mon plus beau sourire factice. Tout va très bien.

— Merde, murmure Jackson. Tu sais que tout est faux, hein ?

Je laisse tomber le couteau, ignorant le repas que je devrais pourtant finir de préparer.

— Est-ce que c'est vraiment important, que ce soit vrai ou non ? Maintenant que c'est publié.

Jackson fait le tour de l'îlot central et s'approche de moi avec précaution.

— L'équipe a répondu dans un communiqué officiel.

— Ah, parfait. Comme ça, tout le monde va gentiment ignorer le fait que tu ne fais que prendre au lit sans jamais donner en retour.

Jackson recule d'un pas comme si je l'avais giflé.

— Putain, c'est faux et tu le sais très bien.

Je me frotte les yeux pour tenter de calmer les émotions qui montent en moi. La colère. La jalousie. L'inquiétude. Et encore plus de colère.

— Je sais. Mais pourquoi faire une chose pareille ?

— Tu ne vois que le bien chez les gens, Tenley, dit Jackson en me prenant dans ses bras.

Pour la première fois de la journée, ma colère s'évanouit.

— Est-ce que ça sera toujours comme ça ?

— Comme quoi ?

Je pose mon menton sur l'épaule de Jackson et me fonds dans son étreinte.

— Est-ce que je devrai passer mon temps à m'inquiéter des calomnies ? D'un scandale dont je n'aurais pas connaissance qui n'attend que de faire surface ? Des fans qui te crient dessus quand on est en public ?

— Il y a des hauts et des bas. Ça fait partie du métier.

— Je n'ai aucune idée de comment gérer tout ça.

— Qu'est-ce qui te préoccupe réellement, Tenley ?

Avant que je ne puisse répondre, la sonnette retentit dans l'appartement. Jackson me lâche mais ne me quitte pas des yeux.

— On en parlera tout à l'heure.

Je le suis et colle un sourire factice sur mon visage pour la deuxième fois.

— Coucou, ma chérie, me salue la voix enjouée de ma mère.

— Salut, Maman.

Je la prends dans mes bras pour une étreinte extra-longue, y puisant la force dont je risque d'avoir grand besoin pour survivre au dîner.

— Ça sent bon, ici.

Jackson se tient près de mon père et lui fait la conversation tandis que ma mère et mes sœurs me suivent jusqu'à la cuisine. Mes neveux et nièces sont à un entraînement de foot avec leur père ce soir, toute leur attention est donc malheureusement concentrée sur moi.

— Comment ça va ? demande Penny en nous versant des verres du vin que je viens d'ouvrir.

— Bien. Pourquoi ?

Je hausse une épaule nonchalante pour cacher mon trouble.

— Tu sais parfaitement pourquoi, réplique Nora en me jetant un regard sombre par-dessus son verre.

— Est-ce qu'on peut parler d'autre chose, s'il vous plaît ?

Je ne suis pas surprise que mes sœurs soient au courant. Mais je n'ai aucune envie d'en discuter, ni avec elles ni avec qui que ce soit d'autre.

— Que se passe-t-il ? demande ma mère en nous regardant tour à tour.

— Rachel a raconté à la presse sa vie sexuelle avec Jackson dans les moindres détails, répond Nora sans hésiter.

— Sérieusement ? m'exclamé-je avant d'avaler la moitié de mon vin. Il fallait vraiment le dire à Maman ?

— Ce n'est pas comme si je n'allais jamais le découvrir, intervient ma mère en me jetant le genre de regard sévère dont seule une mère est capable.

Je jette un coup d'œil par la porte derrière elle et aperçois mon père et Jackson dans le salon. Ouf. Ce n'est vraiment pas une conversation que j'ai envie d'avoir en présence de mon père.

— Non, Maman n'est pas très à l'aise avec les nouvelles technologies. Elle aurait pu passer complètement à côté, commente Penny d'un ton neutre.

— Je te ferai dire que j'ai appris à installer mon propre compte Gramme l'autre jour, rétorque Maman avec un air vaguement supérieur.

— Instagram, tu veux dire, Maman ? la taquine Nora en haussant un sourcil.

— Oui, ça, répond notre mère en pointant le doigt vers elle. Je l'ai fait toute seule sans avoir besoin de vous appeler à l'aide. Bien, maintenant, que raconte cet article ?

Nora ne se laisse pas prier et lui explique avec maints détails ce que révèle Rachel sur leur prétendue vie sexuelle.

— Tout ça n'a pas de sens, déclare ma mère avec un

haussement d'épaules avant de faire comme chez elle, remplissant les assiettes empilées près du plat.

— Comment ça ? demande Nora.

— Tenley ne se mettrait jamais en couple avec un homme égoïste qui ne se préoccupe pas des autres. Elle a trop bon cœur pour ça.

Le nœud que j'ai dans le ventre se détend légèrement à ces mots.

— Merci, Maman.

Je l'aide à mettre la table quand mon père et Jackson entrent dans la cuisine.

— Comment ça se passe, à l'école, Ten ? lance la voix de mon père, plusieurs décibels au-dessus de la moyenne. Il parle fort. Dans une maison qu'il partageait avec quatre femmes, c'était indispensable.

— Mon groupe est super, cette année, je réponds en passant mon bras autour de la taille de Jackson lorsqu'il s'approche de moi. Et ils adorent ce gars-là.

— Je racontais à ton père que j'étais venu rendre visite à ta classe pendant ma convalescence, explique Jackson avec un sourire plein de fierté. J'adore te voir enseigner.

— Tenley est la meilleure institutrice qui soit, déclare mon père tandis que nous prenons place autour de la table.

— Je suis bien d'accord, approuve Jackson en s'asseyant près de moi sans se départir de son sourire.

— Beurk, fait Penny de l'autre côté de la table tout en levant les yeux au ciel.

— Penny, la reprend notre père d'une voix ferme. Tu peux être heureuse pour ta sœur.

— Je *suis* heureuse pour elle. Ce n'est pas pour autant que j'ai envie de me prendre sa super nouvelle relation en pleine figure.

L'agacement dans sa voix est presque palpable. Il n'y a

qu'une sœur pour se permettre de faire ce genre de remarque.

— Ignorez-la, nous dit mon père en agitant la main dans notre direction, avant de se tourner vers Jackson. Comment ça se passe, avec l'équipe ? Les gars de Denver ont l'air en forme.

— Les choses s'annoncent difficiles, à partir de maintenant. J'espère qu'on arrivera à garder notre bon élan.

— Denver a bien besoin d'aller au Super Bowl. Après tout ce temps, commente mon père en secouant la tête.

— C'est ce qu'on se dit tous aussi, répond Jackson, les lèvres serrées.

Après ça, la conversation prend un tour plus léger. Jackson connaît ma famille depuis que la sienne a emménagé dans la maison voisine. Comme j'ai passé des journées entières chez lui, il en a passé chez moi. Le dîner est un vrai baume après l'après-midi que j'ai passé sur les nerfs.

Bien trop tôt à mon goût, il est temps de raccompagner nos invités à la porte. Ma mère m'arrête avant que je ne puisse suivre le groupe.

— Tu vas t'en sortir ? demande-t-elle en prenant mon visage dans ses mains.

Je dois me mordre la lèvre pour ne pas me mettre à pleurer. Le trop-plein d'émotions de la journée commence à se faire sentir.

— Oui, ne t'inquiète pas.

— Tu peux prendre ton temps, Tenley.

— Qu'est-ce qui te fait dire que j'en ai besoin ?

Son expression est sérieuse.

— Tu entames à peine cette nouvelle relation avec lui. Il n'y a rien de mal à apprendre à vous connaître avant tout. Prends soin de ton cœur.

— Pourquoi tu me dis ça ? lui demandé-je en me dégageant, mes défenses se dressant soudainement entre nous.

— Ma chérie, je n'ai pas de mauvaises intentions. Tu es la personne la plus gentille, la plus aimante que je connaisse. Je ne voudrais pas qu'on prenne avantage de toi.

— Jackson ne ferait jamais ça, répliqué-je en croisant les bras, m'efforçant de retenir la colère qui menace d'exploser hors de moi.

— Il ne ferait peut-être pas exprès, mais il est au centre de l'attention du public, que tu le veuilles ou non. Et la plupart des gens n'hésiteront pas à te marcher dessus pour parvenir jusqu'à lui.

Ses mots déroulent un fil de pensées que j'ai passé l'après-midi à tenter d'ignorer. Je n'ai jamais été confrontée à cet aspect de Jackson. Celui de la célébrité. Aujourd'hui, c'est Rachel, mais demain, cela pourrait être n'importe quoi d'autre.

J'ai toujours été la meilleure amie de Jackson, et c'était un rôle confortable. Je n'étais jamais sous les feux de la rampe comme Rachel et lui. Mais désormais, un futur avec Jackson m'y pousserait inévitablement. C'est une place que je n'ai jamais connue, et dans laquelle je n'ai aucune envie de passer mon temps.

Mais si c'est la condition à ma relation avec Jackson… En serais-je capable ?

C'est une question que je préfère ne pas me poser. La réponse pourrait bien ne pas me plaire.

Chapitre Vingt-Cinq

JACKSON

— Tu es prêt pour le match de demain ?

Tenley glisse ses mains sous sa tête et se tourne pour faire face à la caméra de son téléphone. Elle n'est pas obligée de dormir dans mon appartement quand je n'y suis pas, mais c'est bien là qu'elle se trouve.

La semaine a été longue, pour nous deux. L'article de Rachel fait toujours autant parler de lui, et je déteste voir à quel point Tenley en souffre.

— Complètement.

— Et ton genou va bien ?

— Tu t'inquiètes trop pour moi, je réponds en souriant.

— Il faut bien que quelqu'un veille à ce que tu fasses attention.

— Ah oui ? Et qui s'occupe de toi, alors ? demandé-je avec un sourire espiègle.

— À l'instant, personne, dit-elle en haussant un sourcil.

— Ce n'est pas parce qu'on n'est pas au même endroit que je ne peux pas m'en charger, tu sais.

La flamme qui traverse ses yeux ne m'échappe pas.

— Et tu comptes t'y prendre comment, exactement ?

Je me passe la langue sur les lèvres et concentre mon regard sur l'objectif de la minuscule caméra qui me relie à la femme que j'aime.

— Enlève ton T-shirt.

Ses joues prennent une teinte rose.

— Tu es sérieux ? On ne peut pas… faire ça.

— Et pourquoi pas ?

C'est un des avantages du poste de capitaine. J'ai droit à ma propre chambre quand on voyage. Je me rapproche du téléphone, comme si cela suffirait à faire apparaître Tenley dans mon lit.

Elle se mord la lèvre et m'adresse un sourire timide. Je sais très bien ce qui m'attend derrière cette façade de fille propre sur elle.

— Parce que je ne l'ai jamais fait.

— Tu te sentirais mieux de savoir que moi non plus ? lui avoué-je en souriant de sa confession.

— C'est vrai ? demande Tenley d'une voix plus aiguë que d'habitude.

— Oui, alors ne m'oblige pas à répéter ma demande.

Cette fois, Tenley n'a qu'un instant d'hésitation avant de retirer son T-shirt. Ses tétons couleur de rose sont déjà durcis. Je sens mon jogging s'étirer presque jusqu'à craquer sous la pression de l'effet que son excitation a sur moi.

— Et ensuite ?

Le désir dans sa voix me pousse à attraper mon érection à une main, et je sens les gouttelettes révélatrices qui en coulent déjà.

— Caresse tes tétons.

Tenley ajuste l'angle de la caméra pour montrer les doigts fins qui tordent la peau sensible, et je pousse un grognement qui vient du fond de mes entrailles.

— J'aimerais que tu sois là pour faire ça, murmure Tenley.

— Qu'est-ce qui te plaît, quand c'est moi ?

Je pompe mon sexe d'un poing impatient.

— J'aime la force de tes mains, dit-elle en pinçant un téton entre ses doigts, son dos se soulevant légèrement du matelas.

— Est-ce que tu mouilles ? fais-je dans un grondement sourd.

— Hmm.

— Montre-moi, lui ordonné-je.

Tenley n'hésite pas un instant. Sa main disparaît dans sa culotte.

— Putain. J'aimerais être avec toi.

Ma concentration sur l'écran est sans faille.

— Ah !

Les sons qu'émet Tenley me poussent un peu plus vers mon apogée. Je repose le téléphone et baisse mon jogging, laissant bondir à l'air libre mes bourses pleines à craquer, au bord de l'explosion.

— Je veux te voir, dit Tenley, le souffle court.

Je retourne la caméra pour lui offrir une vue rapprochée de mon membre ruisselant, de son gland rougi d'impatience.

— J'aimerais sentir tes mains sur moi.

Mes hanches se soulèvent du lit. Le silence de la pièce n'est rompu que par les gémissements doux de Tenley. Nous bougeons en harmonie, sans un bruit, en approchant notre délivrance.

— Jackson, ça vient.

Tenley repousse sa culotte et ajuste ses hanches pour me laisser voir son si beau sexe.

Je deviens fou. Maintenant que j'ai assisté à l'évidence

de son excitation, je ne peux plus empêcher ma main d'accélérer.

— Pour moi aussi, Tenley.

— Jackson ! s'exclame-t-elle d'une voix que le réseau remplit de statique en laissant tomber son téléphone. Ses halètements me propulsent vers mon propre orgasme, et je me déverse dans ma main, sur mon ventre.

— Oui, oui ! m'écrié-je à mon tour sans ralentir mes gestes tandis que des filets de liquide blanc viennent strier mon corps. Putain, c'est si bon.

Le visage de Tenley réapparaît à l'écran, satisfait et heureux.

—Jackson ?

— Hmm, oui ?

Il est tard, et je sens la fatigue m'envahir, après avoir voyagé tout l'après-midi et enchaîné les réunions dès l'atterrissage.

— C'était pas mal.

J'essuie les dégâts qui me recouvrent et installe mon portable sur mon lit pour copier sa position.

—Je suis d'accord.

— Ça suffit presque à rattraper ton absence.

— Tu me manques, lui avoué-je.

Je n'ai jamais ressenti ça avant, quand je devais voyager. Au contraire, je savourais la paix de ma solitude. Mais maintenant, mon attention est partagée. Je veux être avec Tenley, mais je sais que ce n'est pas là-dessus que je dois me concentrer. C'est sur le football, et sur le match de la Conférence américaine demain.

— Heureusement, tu seras bientôt à la maison. Et je sais que vous allez encore tout déchirer demain.

Son assurance me fait sourire.

— Buffalo est une bonne équipe. Le match ne va pas être facile.

Tenley recouvre son corps nu de la couverture et s'installe contre la tête de lit.

— Je sais, je sais. Tu ne veux pas vous porter malchance. Mais ce n'est pas parce que je dis que vous allez super bien jouer demain que ta performance en sera affectée.

— Les athlètes sont superstitieux, que veux-tu.

— Je le sais bien. Allez, il faut que tu dormes.

Je soupire en regardant l'heure sur le réveil.

— Je t'aime, lui dis-je.

Ces mots me viennent si facilement, désormais. Je veux les lui dire chaque fois que j'en ai l'occasion. Elle mérite de les entendre aussi souvent que possible.

— Je t'aime. Bonne chance pour demain.

Tenley m'envoie un baiser et raccroche. Je pousse un nouveau soupir en pensant à la femme à l'autre bout du fil.

Nous sommes entrés si aisément dans cette récente évolution de notre relation que c'en est presque trop beau pour être vrai. Mais chaque jour que je passe avec Tenley est encore plus merveilleux que le précédent. Et pour la première fois de ma vie, je ne suis pas concentré que sur le football. Je devrais être plus inquiet de voir la facilité avec laquelle elle a détourné mon attention, en dépit de tout.

Passer du temps avec elle ne fait qu'équilibrer un peu plus les différents aspects de ma vie. C'est avec cette pensée en tête que je finis enfin par trouver le sommeil.

— C'est une défaite difficile, les gars. Mais ce n'est la faute de personne.

Défaite difficile, c'est l'euphémisme du siècle. Nous n'avons rien pu faire contre la pluie battante et le vent hurlant de Buffalo. On a l'habitude de jouer en extérieur, mais cette fois, le temps était vraiment trop infernal.

Deux *field goals* et un point bonus manqués. Et ce n'est même pas le pire. L'unité de défense de Buffalo a réussi deux interceptions à six points. On avait l'air ridicules, sur le terrain. On aurait dit une équipe de nabots qui n'avaient jamais touché un ballon de leur vie.

— Prenez la journée de demain pour décompresser, et on regardera la vidéo du match mardi.

Quelques murmures d'assentiment se font entendre tandis que le coach sort de la pièce. Il n'y a rien de pire qu'une défaite comme ça. Surtout quand on ne joue pas à domicile. Le vol jusqu'à Denver va nous sembler bien long, ce soir.

Le vestiaire est silencieux tandis que les gars procèdent à leurs routines d'après-match. Je laisse tomber mes protections dans le casier et me dirige vers la zone de soin médical, où m'attend un bain d'eau froide pour mon genou.

— Tu te sens comment ? me demande Alex, dont l'épaule doit être examinée suite à un choc assez violent pendant le dernier quart-temps.

— Énervé, je réponds avec un haussement d'épaules en me glissant dans le bain glacé.

— Non, sans blague, dit Alex en secouant la tête.

— J'ai joué comme une merde, je râle en lui jetant un regard noir. Tu veux vraiment que je te fasse l'analyse détaillée ?

— Quel grincheux, fait Alex en riant.

— Je viens à peine de revenir, et c'est pour ce genre de performance, dis-je avec un geste dans la direction vague du terrain.

— En purs termes statistiques, tu ne peux pas gagner tous tes matchs. On se rattrapera la semaine prochaine.

J'appuie ma tête contre le rebord métallique de la

baignoire, prenant de lentes inspirations pour m'aider à subir le froid.

— C'est pire quand tu n'as fait que regarder les autres pendant la moitié de la saison sans pouvoir rien faire. Combien de matchs on aurait pu gagner si j'avais été là ?

— Hé, m'interrompt Alex en me donnant une claque sur le bras. Tu ne peux pas tout contrôler. On sait tous que ce gars est un joueur traître. Ce n'est pas en te prenant la tête avec des regrets que tu vas changer quoi que ce soit.

— Pas la première fois qu'on me dit ça, je réplique en levant les yeux au ciel.

J'ai du mal à empêcher ma voix de se remplir de dédain. Je n'arrête pas de penser à tout ce que j'aurais pu mieux faire pendant le match.

— On les aura la semaine prochaine, répète Alex en quittant la pièce.

Peut-être que je n'aurais pas dû appeler Tenley. Ni faire ce qu'on a fait. C'est vrai que je n'ai jamais joué par un temps aussi mauvais depuis mon retour, mais cette défaite fait mal.

Peu importe ce que dit le coach, j'ai l'impression d'avoir laissé tomber mon équipe. Si j'avais marqué ces *field goals*, on n'aurait pas eu besoin de faire autant circuler le ballon. Et on ne se serait pas fait intercepter comme ça.

Il faut que j'arrête de penser à ça. M'enfoncer dans mes regrets ne m'apportera rien. Je regarderai la vidéo du match cette semaine, et on parlera stratégie avec l'équipe.

Et en attendant, je sais que j'aurai quelqu'un à mes côtés pour m'en remettre.

Tenley. La lumière au bout du tunnel qu'a été cette journée.

Chapitre Vingt-Six

TENLEY

Le cliquetis de la serrure me tire du sommeil dans lequel j'étais tombée sur le canapé. Les lumières de la ville remplissent le salon d'une lueur faible.

Jackson laisse tomber son sac près de la porte avec un grognement.

— Salut, dis-je à voix basse.

Ses yeux trouvent les miens.

— Hey.

Il vient s'affaler dans le canapé près de moi. Ce soir, il n'a pas l'air en forme.

— Je suis désolée pour le match.

— Je ne veux pas en parler.

Sa voix contient bien plus d'amertume que ce à quoi je m'attendais.

— Ce n'était pas ta faute.

Je pose mon coude sur le dossier du canapé, touche son épaule en espérant lui apporter un peu de réconfort. Son agitation est palpable.

— Je n'ai jamais dit que ça l'était, dit-il, son beau visage figé dans une expression de choc.

— Non, je sais, je réponds en enlevant ma main avec précipitation, comme s'il m'avait brûlée. Mais je te connais, c'est comme ça que ton esprit fonctionne.

— Tu n'es pas une experte du moindre aspect de Jackson Fields.

— Ce n'est pas ce que je dis.

Je ne sais pas qui est cet homme, mais ce n'est pas le Jackson que j'ai connu et aimé ces dernières semaines.

— J'ai le droit d'être contrarié d'avoir perdu.

— Je n'ai jamais prétendu le contraire. Mais ce n'est pas une raison pour être impoli.

— À t'entendre, c'est de ma faute, gronde-t-il.

Je jette au sol la couverture posée sur mes genoux.

— Je t'ai attendu exprès pour m'assurer que tu allais bien, et je viens littéralement de te dire que ce n'était *pas* de ta faute. Mais si c'est comme ça que tu veux faire les choses, très bien, je te verrai demain après l'école.

Plutôt que de retourner à la familiarité de son lit, je me dirige vers la chambre d'amis dans laquelle je dormais aux débuts de notre cohabitation. C'est la première fois que je suis confrontée à cet aspect de Jackson, et je n'apprécie pas du tout.

Je m'enfonce sur les draps frais et tente de calmer les émotions qui bouillonnent juste sous la surface.

Après sa défaite, Jackson est à fleur de peau. Je le connais. J'ai passé toute la saison à ses côtés. Est-ce qu'il pense vraiment que je ne sais pas où vont ses pensées quand il perd un match ?

Les gens ont souvent tendance à rejeter le blâme de leurs échecs sur les autres. Pas lui. Jackson porte toujours la faute sur ses épaules, réfléchit à ce qu'il a raté, à la façon de ne plus refaire cette erreur.

Des larmes me piquent les yeux. Il est tard, et je suis fatiguée. Je ne voulais pas m'énerver contre Jackson, mais voilà où nous en sommes. Peut-être que c'est la facette plus sombre d'une relation avec un athlète. Devoir supporter toutes leurs sautes d'humeur quand les choses ne se passent pas comme ils le voudraient. La semaine a été longue. Les chaînes de sport ne parlent encore que des ragots sur Jackson et Rachel, et je déteste ça. Je voudrais seulement que tout redevienne comme avant la publication de ce stupide article.

Un sentiment de nausée m'envahit, et je remonte la couette par-dessus ma tête, priant pour m'endormir rapidement. Avec un peu de chance, une bonne nuit de sommeil suffira à me débarrasser de ces pensées désagréables avec lesquelles m'a laissée Jackson.

Le doux martèlement de la pluie sur la vitre me réveille avant la sonnerie de mon alarme.

Le temps maussade est assorti à mon humeur.

Je me douche et me prépare plus vite que d'habitude ; je ne veux pas prendre le risque de croiser Jackson, ce matin. Mes émotions sont encore juste sous la surface, et je préférerais ne pas me laisser emporter avant l'école.

La chance n'est pas de mon côté. Jackson est assis dans la cuisine devant une vidéo de match, et je veille à faire claquer mes pas sur le carrelage pour l'avertir de ma présence.

— Bonjour, dit-il sans tourner la tête. Je t'ai fait du café.

— Merci, je réponds en attrapant la cafetière pour me servir une tasse.

La tension est palpable. Jackson ne fait pas plus état de ma présence après sa remarque. On dirait qu'on est de retour à la case départ, et je ne sais plus comment me comporter.

— Tu rentres dîner ici après l'entraînement ? je finis par demander, brisant le silence.

— Normalement, répond-il en buvant une gorgée de café, toujours sans me regarder.

— Tu me diras, je passerai nous prendre quelque chose sur le chemin. On a une répétition pour le spectacle de l'école ce soir, donc je risque de rentrer tard.

— OK.

C'est cette réponse trop brève qui finit par me pousser à bout.

— C'est vraiment comme ça que tu te comportes après une défaite ? je siffle, la voix pleine de frustration.

— Tu m'as accusé de nous avoir fait perdre, rétorque-t-il durement.

— Pas du tout. Je t'ai dit que ce n'était pas ta faute. Ça n'a rien à voir, Jackson.

— Eh bien, je n'ai pas apprécié, Tenley.

Son regard perçant se fixe sur moi.

— D'accord, la prochaine fois, je veillerai à ne pas te parler après ton match, alors. Ce n'est pas non plus de ma faute si vous avez perdu, je te signale.

— Peut-être qu'on aurait gagné si je n'avais pas été distrait.

Ses mots résonnent plus fort qu'il ne l'aurait voulu.

— Ouah.

Ma réaction attire enfin son attention.

— Tenley, écoute, je suis désolé. Ce match était nul, et on n'était pas prêts. Je me comporte toujours comme ça après une défaite, il n'y a juste jamais eu quelqu'un avec moi dans ces moments-là.

— C'est bon à savoir, répliqué-je en attrapant mon sac,

sur l'îlot central. J'imagine qu'il vaut mieux que je retourne chez moi, alors, pour te laisser réfléchir à tout ça en paix.

— Allez, sois pas comme ça, plaide-t-il en tendant vers moi une main que j'évite.

— Je ne voudrais pas te *distraire*, dis-je, lui renvoyant ses propres mots. Quand tu auras fini de bouder, on pourra discuter.

Je claque la porte de son appartement derrière moi avec plus de force que nécessaire. Je traverse le hall de l'immeuble de Jackson pour retourner à ma voiture et songe que le temps effroyable qu'il fait dehors est un complément parfait au gris de mes pensées.

Je n'aurais jamais cru que Jackson était capable de se comporter ainsi. Je me sens absolument lamentable après m'être retrouvée la cible de toute cette animosité.

C'est donc ça, l'importance du football dans la vie de l'homme que j'aime ?

Ce n'est pas la relation que j'ai accepté de vivre avec lui.

Chapitre Vingt-Sept

Rien ne va, aujourd'hui. On perd dix à vingt-quatre dans le troisième quart-temps. Un pauvre *field goal* de ma part, et c'est tout. L'équipe de LA nous écrase complètement, leur jeu est magnifique. Alors que c'étaient les perdants probables. On était censés gagner ce match sans problème.

Et au lieu de ça, on se fait détruire. Tout le monde le voit. Dans les gradins, les fans commencent à s'agiter, inquiets de voir l'attaque se faire arrêter au premier tiers du terrain. Encore une fois.

— On a encore le temps, les gars. Ne baissez pas la tête.

Notre coach tente de mettre l'ambiance sur le banc tandis que notre *punter* se précipite sur le terrain. Les cris de la foule se changent en un grondement sourd. Le ciel est gris, et le match a pris une tournure maussade. Comme si le temps s'accordait à nos manœuvres.

La semaine a été longue. Ma relation avec Tenley s'est tendue, même si les ragots causés par le stupide article de Rachel ont enfin fini par se calmer, et les entraînements se sont mal passés. Certainement parce qu'Alex a été absent pendant une bonne partie de la semaine, ce qui se voit à son jeu aujourd'hui. D'habitude, on se remet très vite d'une défaite comme celle de la dernière fois, mais pas cette semaine. On dirait qu'on joue tous avec des boulets accrochés aux chevilles. On peine même à exécuter les manœuvres les plus simples.

Je bois une gorgée d'eau en regardant la défense aligner quelques mouvements crédibles et arrêter l'équipe adverse au premier tiers.

— Bien joué, Knox, lui dis-je à son retour en tendant le poing.

Il tape dans ma main en haussant les épaules.

— Il n'y a plus qu'à motiver l'attaque, maintenant.

Alex court le long de la ligne et encourage son unité à y aller franchement. C'est un des meilleurs capitaines que j'ai jamais vus. Les gens le respectent, acceptent de prendre tous les risques pour lui. Tous ceux qui ont déjà joué avec lui l'adorent.

Colin et Logan sont là pour l'aider à mettre en place sa stratégie. Logan parvient à effectuer une avancée qui l'amène sur la moitié du terrain occupée par Los Angeles.

L'étincelle s'éteint aussi vite qu'elle s'est allumée. Logan se fait intercepter à la ligne du trente-huitième yard, et c'est à mon tour d'entrer en scène.

Je sors le bruit de la foule de mes pensées en prenant ma place. Je tape sur la pelouse du bout du pied, les bras détendus à mes côtés. Un hochement de tête à mon *holder* et il demande le ballon.

Tout se déroule au ralenti. Le gars de LA saute en hors-jeu, et tout le monde panique. Ma jambe tape dans le ballon pile au moment où il se jette sur moi, m'envoyant rouler sur l'herbe dans une position inquiétante. C'est mon genou qui prend la force du coup, et un claquement sec retentit.

— Putain ! je crie, les mains serrées autour de ma jambe.

J'entends l'arbitre siffler pendant que mon *long snapper* s'accroupit près de moi.

— Tu vas bien ?

— J'ai l'air d'aller bien ? Putain de merde !

La douleur est pire encore que la dernière fois, et je n'ai même pas conscience que je crie. C'est comme si quelqu'un avait enfoncé un fer chaud à l'intérieur de mon genou et s'amusait à le tourner.

Il recule pour laisser la place aux entraîneurs et infirmiers qui sont entrés sur le terrain. Ils commencent à bouger mon genou, et chacun de leurs gestes me fait grincer des dents.

— Arrêtez, s'il vous plaît, arrêtez.

Je dois presser les paupières pour empêcher les larmes de couler. J'ai les entrailles serrées de douleur.

— Est-ce que tu es capable de sortir du terrain ? demande un infirmier en pliant mon genou.

Je dois rassembler toutes les forces qui me restent pour ne pas vomir.

— Demandez le brancard, lance-t-il à quelqu'un d'autre.

Je me laisse retomber sur la pelouse, prenant conscience d'un coup du silence qui règne dans le stade. Une seule pensée tournoie dans mon esprit.

Je ne peux pas revivre tout ça.

Tenley

Mon cœur me remonte dans la gorge tandis que je regarde Jackson sortir du terrain sur un brancard. Ce n'est pas la première fois qu'il se fait mal pendant un match, bien sûr. On ne peut pas jouer au football américain sans se prendre de sacrés coups. Mais ça n'a jamais semblé aussi grave.

— Je suis sûre qu'il n'a rien, Tenley, dit Gabby en passant son bras autour de mes épaules.

Jackson m'avait donné deux tickets pour le match de ce week-end, alors je lui ai demandé de m'accompagner.

— Et s'il s'est encore fait mal ? Il vient à peine de revenir sur le terrain.

Mon esprit part immédiatement dans la pire direction possible.

Le match reprend, et LA récupère le ballon. Impossible de me concentrer. Et si la blessure de Jackson était encore plus grave que la dernière fois ? Est-ce que son genou va se retrouver dans un pire état ? Comment va-t-il ?

L'angoisse qui monte dans mon ventre n'arrange rien.

— Excusez-moi, mademoiselle Rhodes ? demande une femme habillée aux couleurs de l'équipe en entrant dans la loge.

— Oui ?

Je me lève d'un coup et me retourne pour lui faire face.

— Vous voulez voir Jackson ? Suivez-moi, je vous emmène à la salle d'entraînement.

— Oh, mon Dieu.

— Tout va bien. Est-ce que je peux l'accompagner ? demande Gabby en me serrant dans ses bras.

— Bien sûr, mais vous devrez attendre devant la salle.

— Ce n'est pas grave. On peut y aller ?

Je suis prête à partir. Je refuse de penser à ce qui a pu lui arriver pour qu'ils doivent m'emmener jusqu'au vestiaire.

Nous suivons la représentante de l'équipe dans les entrailles du stade au son des exclamations de la foule, sans que je sache ce qui les déclenche. Je serais bien incapable de me concentrer sur le match. Je ne pense qu'à voir Jackson, à m'assurer qu'il va bien.

— Nous y sommes. Nous vous attendons ici, me dit la dame avec un hochement de tête qui m'autorise à entrer.

— Tout ira bien, Tenley, m'assure Gabby avec une dernière pression sur mon bras.

Je pousse la porte, et mes yeux se posent immédiatement sur Jackson. Il a enlevé sa tenue de football, et sa jambe est enroulée dans de la glace.

— Mon Dieu, tu vas bien ? m'écrié-je en me précipitant vers lui en tendant la main, avant de me figer.

Son T-shirt est trempé de sueur et colle à son corps comme une deuxième peau.

— J'ai l'air d'aller bien ? articule-t-il d'un ton amer.

J'ignore sa pique.

— Qu'ont dit les médecins ?

— Qu'il va falloir que j'aille à l'hôpital faire quelques radios pour qu'ils s'assurent de l'étendue des dégâts.

J'avale ma salive et ma gorge me semble aussi sèche que le désert du Sahara.

— Qu'est-ce qui s'est passé, à leur avis ?

— Tu as bien vu ce qui s'est passé, me dit Jackson avec agressivité.

— J'ai vu le coup que tu as pris. Mais qu'en pensent les médecins ? je réponds le plus calmement possible, m'efforçant de garder une voix neutre.

Ce n'est vraiment pas le moment de m'énerver contre lui.

— C'est mon ligament antérieur.

La mâchoire de Jackson est serrée, ses yeux remplis de colère. Ce n'est pas dirigé vers moi, si ?

Cette fois, je pose ma main sur son bras.

— Pour l'instant, attendons de voir les résultats de tes radios.

— Tu crois vraiment que ça peut être une bonne nouvelle ? crache Jackson en se dégageant pour croiser les bras. Mon genou est en feu, Tenley ! Il n'y a pas moyen que ce soit positif ! Putain !

Son cri me fait sursauter. Je ne dis rien, je ne veux pas prendre le risque de l'énerver encore plus. Je ne l'ai jamais vu comme ça. Même après sa défaite de la semaine dernière. Même la première fois qu'il a blessé son genou.

Je suis en train d'apprendre que Jackson a plusieurs facettes quand il s'agit de sa carrière de footballeur. Et je ne suis pas certaine que toutes ces facettes me plaisent.

— OK, Jackson, fait un homme que j'imagine être le docteur en entrant dans la pièce. On va t'amener à l'hôpital pour voir ce qui t'arrive exactement, et on décidera du reste ensuite en fonction de ce qu'on découvre.

Jackson pousse un grognement d'assentiment.

— Vous voulez l'accompagner ? me demande le docteur.

— Oui, je…

— Pas la peine, interrompt Jackson sans me regarder.

— Alors, attends-moi là, je reviens dans quelques minutes, lui dit le docteur avec une claque sur son épaule.

— Tu peux rentrer, Tenley. Je t'appellerai plus tard.

Le contrôle fragile que j'avais encore sur la situation finit par céder.

— Pourquoi tu m'as fait venir si c'est pour te comporter comme ça ?

— Je n'ai rien demandé, dit Jackson, regardant partout dans la pièce sauf dans ma direction. Les gars de l'équipe se sont dit que je serais content que tu sois là.

— Laisse-moi t'accompagner. Si les nouvelles sont mauvaises, je veux les entendre avec toi, je plaide.

— Je ne veux pas que tu sois là ! Je n'ai besoin de personne.

— C'est triste, Jackson.

Ma voix tremble. L'homme qui me fait face est en train de se briser sous mes yeux.

— Eh bien, c'est la vérité. Ce sport est tout pour moi.

— Le football n'est pas toute ta vie, dis-je en secouant la tête.

— C'est là que tu te trompes, Tenley, crache-t-il d'une voix que je déteste, une voix que je ne reconnais pas. Le football a toujours été ma vie, bien avant que tu n'arrives. Le football, pas toi.

Il se laisse tomber contre le dossier et recouvre son visage de ses mains, complètement inconscient du coup qu'il vient de me porter. Les larmes me montent aux yeux, mais je les retiens. Il n'en vaut pas la peine.

— Je n'ai jamais voulu être toute ta vie, Jackson. Je veux en faire partie, c'est tout.

— Ah oui ? dit-il en écartant ses mains pour m'adresser un regard rempli de violence. Regarde où ça m'a mené. Je suis blessé, à nouveau, et bien parti pour une opération, cette fois-ci.

Je porte la main à mon cœur, tentant désespérément d'en retenir les éclats brisés. Cet homme n'est pas le garçon dont je suis tombée amoureuse, il y a toutes ces années.

— Alors comme ça, c'est de ma faute si ce joueur t'a foncé dedans ?

— Si je n'avais pas été aussi concentré sur toi, sur ta réaction à l'article de Rachel et à ma carrière de footballeur, je me serais consacré plus sérieusement à ma rééducation. Mon genou aurait été plus solide et ne se serait pas cassé à nouveau. Tu es une distraction que je ne peux pas me permettre, Tenley.

— Une distraction ? dis-je avec un rire brutal, corrosif. C'est comme ça que tu me vois ? Et qui t'a conduit à toutes tes séances de rééducation, justement ? Qui s'est assuré que tu ne bougeais pas la jambe quand tu n'en avais pas le droit ? Qui t'a aidé à faire tes exercices ?

Je plante mon doigt dans sa poitrine, incapable de retenir les émotions qui se déversent hors de moi, et continue d'une voix encore plus forte.

— Moi, Jackson. C'était moi. Tu te serais à nouveau blessé bien plus tôt si je n'avais pas été là.

— C'est de ma faute, alors ? s'exclame Jackson en se redressant, des vagues de colère irradiant de lui.

— Ce n'est la faute de *personne* ! je m'écrie. Tu ne peux pas tout contrôler. Regarde ce qui est arrivé à ce joueur d'Arizona qui s'est foulé le ligament pour la deuxième fois. Mon Dieu, mais quel… quel connard !

Le mot m'échappe sans que je puisse le retenir, mais je ne le retire pas. C'est vrai, Jackson se comporte comme un vrai connard, actuellement.

— Je n'ai pas besoin de toi.

— Très bien. On se retrouve chez toi, alors, déclaré-je en me tournant pour partir, avant que sa voix ne m'arrête net.

— Non.

— Non ?

Jackson secoue la tête.

— Je n'ai pas besoin de toi ni de personne. Je me débrouille très bien tout seul.

Le ton froid et calculateur de sa voix me transperce la poitrine, et les éclats brisés de mon cœur s'en échappent enfin.

— Si tu crois vraiment ça, Jackson, je suis désolée pour toi.

— Heureusement que ton avis m'importe peu, alors.

Je parviens à me retenir en quittant le stade. Pendant le trajet jusque chez moi. En garant ma voiture. Et même dans mon appartement, jusqu'au salon. Mais dès l'instant où je m'écroule sur le canapé, je suis envahie par une douleur intense. La perte de l'homme que j'aime me détruit. Mon essence même est menacée par tant de souffrance. Des larmes brûlantes coulent sur mes joues, et je n'ai plus le recours des bras rassurants de Jackson autour de moi pour les éloigner.

J'ai laissé mon cœur dans ce stade, et je ne sais pas si je le reverrai un jour.

Chapitre Vingt-Huit

TENLEY

— Mademoiselle Rhodes ? me demande Bobby en tirant sur la jambe de mon pantalon, ses yeux bleus remplis de confusion.

— Qu'y a-t-il ?

— Ils sont où, les footballeurs ?

Je me retourne vers le tableau en prenant une profonde inspiration.

— Eh bien, ils n'ont pas pu venir aujourd'hui parce qu'ils ont un match très important ce week-end.

— Mais les matchs sont tous importants, non ? demande-t-il en penchant la tête sur le côté, avec une innocence si adorable que je me retrouve à sourire.

— Oui, bien sûr. Mais c'est plus compliqué pour eux de venir nous voir à ce stade de la saison. Peut-être qu'ils pourront revenir après.

Bobby hausse les épaules et retourne au coin lecture. Mes yeux se remplissent de larmes, et je me concentre à nouveau sur l'écriture des lettres au tableau.

Cette semaine, chaque jour a été une épreuve. La ville porte fièrement les couleurs de son équipe, et chaque fois que je vois le noir et jaune des Mountain Lions, je suis obligée de détourner les yeux. Tout me rappelle Jackson. Et son rejet si brutal.

J'ai beau me concentrer sur mes activités, l'image de ses yeux dans cette salle d'entraînement sous le stade est gravée dans ma mémoire. Ce n'était pas l'homme que je connaissais, celui qui tenait mon cœur entre ses mains. Non, cette personne, je ne la reconnaissais pas.

— Tu es prête pour la répétition ?

La voix d'Ashley me fait sursauter et m'arrache à mes pensées sombres. Les vacances de Noël approchent à grands pas, et nous avons modifié un peu notre emploi du temps pour consacrer quelques heures par semaine à la préparation du spectacle de fin d'année.

— Oui, dis-je en tapant dans mes mains pour attirer l'attention de mes élèves. Les enfants, qui est prêt à aller au gymnase répéter pour le spectacle avant l'heure de temps libre ?

Des exclamations surexcitées me répondent et nous regroupons les petits en une ligne plus ou moins droite. Ils babillent sur le chemin, et s'éparpillent en courant dès notre arrivée au gymnase.

— OK, les enfants ! Mettez-vous en place, et je lance la chanson. Si vous ne savez plus quoi faire, regardez ce que font vos amis, d'accord ?

Je branche mon portable aux enceintes et une chanson joyeuse retentit dans la salle. Ashley et moi tentons de les aider, mais les maternelles ont tendance à faire ce qu'ils veulent.

— Heureusement que leurs parents ont déjà les tickets, pouffe Ashley.

— On ne peut pas rêver de groupe plus adorable pour ouvrir le spectacle.

— Comment ça va, toi ?

— Bien, je réponds sans quitter des yeux mes élèves.

— Aussi bien que la protagoniste d'une comédie romantique quand elle vient de se faire larguer, oui, dit Ashley avec un petit rire. Je suis étonnée que tu ne sois pas chez toi, à pleurer dans un pot de glace à la vanille.

— Une bouteille de vin, plutôt, je marmonne.

— Tu lui as parlé ?

Je secoue la tête.

— Bravo, les enfants ! C'était super. Encore une fois, et après vous pourrez aller jouer. Vos familles seront si heureuses de vous voir danser, la semaine prochaine !

Je relance la chanson et m'assieds sur une chaise qui fait face aux petits, m'efforçant de ne pas m'enfoncer dans ma propre tristesse.

— S'il le voulait, il m'aurait contactée. Mais il l'a dit lui-même. Il n'a pas besoin de moi.

— Je vous ai vus ensemble, tous les deux. Vous êtes faits l'un pour l'autre. Il est seulement effrayé de t'aimer autant.

— Il a dit que j'étais une distraction, Ash, dis-je d'une voix tremblante. Ce n'est pas de l'amour.

— Oh, ma chérie, murmure-t-elle en passant son bras dans le mien avant de poser sa tête sur mon épaule. Quel homme sur Terre sait ce qui est bon pour lui ? Il a peur, c'est tout, parce que son avenir lui paraît beaucoup plus sombre maintenant qu'il est blessé.

— Eh bien, il y a au moins une chose qui ne fait pas partie de son avenir : moi.

— Tu ne le penses pas vraiment. Il finira par se raviser, ne t'en fais pas.

Je me mordille la lèvre pour retenir mes larmes. Tous mes instincts me hurlent d'attraper mon téléphone pour m'assurer qu'il va bien. Je voulais regarder sur le site de Sport News pour voir s'ils avaient publié une mise à jour par rapport à son genou, mais je n'en ai pas été capable. Si ce n'est pas de la bouche de Jackson lui-même, je ne veux pas savoir. Si je ne suis pas assez importante à ses yeux pour qu'il me dise comment il va, je ne veux pas avoir à rechercher l'information.

— Et si jamais il ne fait rien ? S'il ne se ravise pas, si notre relation n'a pas d'avenir ? je demande d'une voix qui finit par se briser, une larme coulant enfin le long de ma joue. Et si Jackson ne faisait plus partie que de mon passé ?

La chanson s'achève, et avant même qu'on ait le temps de leur dire quoi que ce soit, les enfants courent partout à la recherche de leurs jeux.

Ashley se penche vers moi, consciente des oreilles qui nous entourent.

— Dans ce cas, tu te vides une bouteille de vin et tu cherches un mec pour passer le temps.

Mon cœur se serre à cette pensée. Je n'ai pas envie d'un nouveau mec, même pour passer le temps. Je suis amoureuse de Jackson depuis que j'ai quatorze ans. Il fait partie de ma vie depuis la première fois que nous avons fait le trajet jusqu'au lycée ensemble. La pensée qu'il n'en fasse plus partie m'est insupportable. Pourtant, c'est ainsi désormais.

— On va commencer par le vin. Je te dirai quand je serai prête pour un nouveau mec.

Chapitre Vingt-Neuf

JACKSON

— Jackson. Comment ça va, aujourd'hui ? me demande Coach en entrant dans la pièce avant de s'asseoir.

— J'ai connu mieux, je grogne.

Les béquilles avec lesquelles je me trimballe depuis une semaine sont appuyées contre la table.

Le coach, les mains jointes devant lui, baisse les yeux vers les papiers qui traînent sur son bureau. Il s'agit sans doute des rapports du médecin de l'équipe sur l'état de mon genou. J'ai essayé de me préparer mentalement avant notre entrevue, mais je sais que ça ne va pas être un moment facile.

— Je sais que ce n'est pas ce que tu voudrais entendre, mais ta saison s'achève ici.

Si mon genou n'était pas enfermé dans une attelle et bien incapable de supporter mon poids, je me serais relevé en balançant ma chaise par terre.

— Il reste encore plein de temps ! Je peux faire la rééducation et revenir. Vous ne pouvez pas me mettre en réserve !

Réserve pour blessure. Les pires mots que peut entendre un joueur de football américain.

— C'est pour ton bien, fiston. Je ne veux pas prendre le risque que tu en fasses trop. Cette fois, tu pourrais avoir des séquelles toute ta vie. Le jeu n'en vaut pas la chandelle.

Je secoue la tête dans l'espoir de retenir ma colère.

— Si, justement ! Ce jeu représente tout pour moi, tout.

— Jackson, dit le coach en faisant le tour du bureau pour se mettre face à moi. Le football ne peut pas être tout dans ta vie. Et ne *devrait* pas l'être.

— Ce n'est pas ce que vous recherchez ? Des joueurs dévoués à leur sport ?

Je passe la main sur l'ombre de barbe qui recouvre ma mâchoire. Je la laisse pousser. Quand j'ai enfin fini par rassembler l'énergie nécessaire pour me raser, je n'ai plus pensé qu'à Tenley.

La douceur de ses doigts qui caressaient mon visage. Sa façon de me regarder, comme si j'avais accroché toutes les étoiles dans le ciel.

J'ai serré le poing si fort que mon rasoir s'est brisé.

— Dévoués, oui. Mais pas au point de risquer leur vie.

— Putain, je souffle en me laissant retomber contre le dossier, levant la tête vers le plafond en crépi.

Il reste encore quelques semaines avant la fin de la saison. Des semaines que je ne passerai pas sur le terrain. Jusqu'à cette année, j'ai toujours été en bonne santé. Je ne m'étais jamais pris de coup aussi violent que celui du camp d'entraînement.

— Évidemment, je reprends. Jamais blessé de ma vie, et là, deux fois en une seule saison.

— Je t'ai déjà parlé de l'époque où j'étais joueur ? me demande Coach en me balançant une claque sur l'épaule.

Je secoue la tête. Je ne sais pas si j'ai réellement envie d'entendre cette histoire.

— Au tout premier match de la saison, on jouait contre Cincinnati. Tout se passait bien, j'aurais pu faire la manœuvre dans mon sommeil. Mais à un moment, je me suis retourné, et j'ai rompu mon tendon d'Achille. Sur le banc pour la saison entière. Et personne ne m'avait seulement touché.

— Merde. Je ne savais pas.

— C'est le grand jeu de la vie, dit-il en haussant les épaules. Je me suis fait opérer, je suis passé par toute la phase de rééducation, et je suis revenu sur le terrain l'année suivante.

— Vous avez gagné le Super Bowl ?

— Quelle belle fin ça aurait été, hein ? fait-il avec un rire. Mais non, je ne l'ai jamais remporté en tant que joueur.

Je pousse un long soupir, vidant ma poitrine.

— Est-ce que c'est le moment inspiration où vous me dites que je n'ai pas besoin de remporter le plus beau des trophées pour m'en sortir dans la vie ?

— Non, dit-il en soupirant à son tour avant de s'asseoir dans le fauteuil près du mien. C'était vraiment nul, de ne jamais avoir gagné le Super Bowl. Pour autant, certaines choses dans ma vie comptaient plus à mes yeux que le sport.

— Comme quoi ? je demande, me préparant mentalement à entendre la réponse que je devine déjà.

— Ma famille. J'avais deux jeunes enfants, à l'époque, et même si je ne suis jamais allé jusqu'au Super Bowl, chaque fois que je rentrais chez moi, j'avais l'impression d'être un vrai MVP.

J'esquisse un sourire qui s'efface rapidement à la pensée de tout ce que j'ai peut-être perdu à jamais. Aux côtés de Tenley, même si nous n'avons réellement été ensemble que l'espace de quelques mois, je me sentais plus à ma place que je ne l'ai jamais été avec Rachel. Son sourire éclatant et son amour de la vie étaient contagieux. Mon appartement a gardé son odeur, comme si elle lui manquait aussi, comme si l'endroit n'était pas prêt à la laisser partir.

— Le football a toujours été tout pour moi. Ce n'est pas facile de faire face au fait que je pourrais bien ne jamais avoir l'occasion de porter la bague des champions.

— Tu sais à quel point il est difficile de remporter un Super Bowl ?

Je ne réponds pas.

— Au début du camp d'entraînement, il y a presque trois mille joueurs qui espèrent être recrutés dans une équipe. N'importe laquelle. Trois mille, Jackson. Parmi ceux-là, cinquante-trois intègrent l'équipe. Ensuite, il faut créer une certaine cohésion entre eux. Puis remporter tous les matchs. Sans parler de tout ce qui peut arriver : blessures, renvois, échanges… Dix-sept matchs par saison. Puis quatre autres pendant les éliminatoires, trois si ton équipe est assez chanceuse pour être dispensée du premier tour. Ce qui nous donne… environ trois pour cent de chances de gagner le Super Bowl.

Je baisse la tête, honteux.

— Il n'y a pas de mal à vouloir remporter la coupe, fiston, poursuit le coach. Mais ça ne peut pas être ton seul objectif. Tu dois trouver quelque chose qui compte plus à tes yeux. Quelque chose que tu aimes tellement que la seule pensée d'en être privé serait pire que celle de ne plus jamais remettre les pieds sur le terrain.

L'image de Tenley remplit la moindre de mes pensées. Danser avec elle, cuisiner ensemble, l'entendre rire. Sa façon de me regarder, de prendre soin de moi. La douleur qu'a provoquée en moi le moment où je lui ai ordonné de me laisser seul.

— Et si je l'avais déjà trouvé, mais que je l'avais perdu ? je murmure.

Toute la colère que je retenais ce jour-là s'est déversée sur Tenley. Je me déteste de l'avoir prise pour cible, alors qu'elle était seulement au mauvais endroit, au mauvais moment. Chaque journée que j'ai passée sans elle depuis a été infernale. Sauf que c'est un enfer de ma propre création, et dont je ne sais pas comment me sortir.

— Jackson, quoi que tu aies pu faire, je ne pense pas que ce soit irréparable. Il faut simplement que tu te battes pour récupérer ce que tu aimes.

Chapitre Trente

JACKSON

—Jackson, quel plaisir de te voir ici.

La voix d'Alex résonne dans le vestiaire. L'entraînement est fini depuis longtemps, mais je ne suis pas encore parti. Mon casier est vide, désormais, mais je ne suis pas prêt à quitter cet endroit. Alex est flanqué des autres capitaines, Colin et Knox.

— Mince, moi qui pensais pouvoir rester discret.

— Dis donc, ça te rend sacrément grognon, d'être en réserve, lance Knox en levant la bouteille de whisky qu'il tient dans sa main. Mais peut-être qu'on peut t'aider à te détendre un peu.

— Enfoiré, répliqué-je succinctement en vacillant sur mes béquilles jusqu'à lui.

Je lui prends la bouteille des mains et en avale une longue gorgée qui me brûle l'intérieur de la bouche.

— C'est vraiment pas de chance, Fields, me dit Colin, les mains enfoncées dans ses poches. Comment tu te sens ?

Au lieu de lui répondre sèchement, je réfléchis une minute. J'ai déjà énervé Tenley ; je ne veux pas ajouter mes amis à la liste.

— Pour être honnête, je ne sais pas trop. Je n'ai aucune envie d'être en réserve pour blessure, mais bon…

Je désigne ma jambe hors circuit d'un geste vague.

— Au moins, tu as Tenley, remarque Alex en buvant une longue gorgée de whisky avant de passer la bouteille à Knox.

Je l'intercepte avant qu'il ne l'attrape et bois à sa place.

— Plus maintenant.

Ils grognent tous les trois à l'unisson.

— Qu'est-ce que t'as encore foutu, mec ? demande Knox.

— Pourquoi vous partez du principe que c'est de ma faute ?

— Oh, pardon, fait Colin en haussant un sourcil. On est censés penser que cette fille, qui est un vrai rayon de soleil, t'a laissé tomber comme ça ?

Je prends une nouvelle gorgée. De toute façon, je rentre en Uber. Autant en profiter.

— Il se peut que je me sois défoulé sur elle après la semaine que j'ai passée.

— Me dis pas que t'as vraiment fait ça, dit durement Alex. Pas à ce point, si ?

— Il se peut que je lui aie dit qu'elle était une distraction et que tout était de sa faute.

— Meeeeeeerde, s'exclame Knox en s'éloignant un peu de moi. Tu l'as vraiment pas ratée.

— J'étais juste tellement énervé, dis-je en me passant la main dans les cheveux. Le football a été toute ma vie pendant si longtemps. Quand j'ai cru que je n'allais plus pouvoir jouer, j'ai pété un câble.

— Il y a une morale à cette histoire, à mon avis, plaisante Colin avec un sourire que je ne lui rends pas.

J'ai l'impression de ne pas avoir souri de la semaine.

— Ah oui ? Laquelle ? je grogne en me laissant tomber sur le banc pour épargner mon genou.

— Évite les conversations importantes quand tu souffres à ce point.

— Ouais, merci pour cette perle de sagesse, Sherlock, je réponds sans même gratifier sa réponse d'un haussement de sourcil. Avec des conseils comme ça, tu m'étonnes que tu sois célibataire.

Un éclair d'émotion traverse son visage, trop rapide pour que je puisse distinguer ce qu'il signifie.

— Ce que Colin essaie de dire, intervient Alex avant qu'il ne puisse répliquer, c'est que tu as dit tout ça sous le coup de l'émotion. Mais ce n'est rien d'irréparable.

— Tu n'étais pas là.

Ce jour-là, j'étais incapable de voir plus loin que ma propre angoisse. J'étais si amer à l'idée d'avoir peut-être perdu ma dernière chance d'atteindre l'objectif de ma vie que je me suis défoulé sur la seule personne qui ne m'avait jamais laissé tomber. Pourquoi est-ce qu'elle accepterait de revenir alors que je n'ai fait que lui infliger toutes mes sautes d'humeur ?

— Jackson, depuis toutes les années qu'on se connaît, je ne t'ai jamais vu être aussi heureux que ces dernières semaines. Tu as toujours été le grincheux de service. Mais Tenley te faisait vraiment du bien, on le voyait tous, me dit doucement Alex en s'accroupissant devant moi. Tu vas sérieusement la laisser partir ?

Je croise son regard et j'y découvre un éclat de douleur. On n'a jamais vraiment été du genre à discuter de nos sentiments, tous les quatre. Et pourtant, ce sont les seuls à qui je parlerais de ce que je ressens.

Tous mes souvenirs de ces treize dernières années, les bons comme les mauvais, vont de pair avec Tenley. Est-ce que je serais réellement capable de vivre ma vie sans ajouter à la pile des souvenirs que je partage avec la femme que j'aime ?

Mes lèvres s'étirent en un petit sourire.

— Ça, c'est le visage d'un gars qui n'a pas abandonné, fait Colin d'un ton approbateur en me donnant une claque sur l'épaule. Alors, comment tu comptes te débrouiller ?

Un commentaire qu'a fait Tenley en passant la semaine dernière me revient, et mon cerveau se met à tourner à toute vitesse.

— J'ai une idée. Mais je vais avoir besoin de votre aide.

Chapitre Trente et Un

TENLEY

— Vous avez été super ! Je suis très fière de vous, je m'exclame en tapant dans les mains des élèves qui m'entourent. Maintenant, on va s'asseoir dans la salle et regarder les spectacles des autres classes, d'accord ? Applaudissez-les bien.

Leurs petits visages enthousiastes me répondent par des hochements de tête et nous nous installons dans le gymnase pour assister aux performances suivantes. Une fois mes élèves à leurs places, je rejoins Ashley qui se tient au fond de la salle.

— Ils étaient tous si mignons, sur scène.

— Tout ce que font des enfants de cet âge-là est trop mignon, je lui réponds avec ce qui est certainement mon premier sourire sincère de la semaine.

— C'est vrai qu'ils auraient pu simplement se tenir debout là, et j'aurais adoré.

Sur scène, un petit groupe d'enfants se met à chanter, et je m'adosse contre le mur. Ces deux dernières semaines ont été épuisantes. J'ai eu du mal à trouver le sommeil, et je suis à court d'énergie.

— J'aurais aimé que Jackson soit là pour les voir.

— Il finira par revenir à la raison.

— Je n'ai plus vraiment d'espoir, à ce stade, dis-je en secouant la tête. Mais je sais que les enfants auraient adoré qu'il soit là.

— Euh, et tu es sûre que ce n'était pas le cas ?

— Oui ? je fais, les sourcils froncés devant sa question qui me laisse confuse.

Ashley fait un signe de tête en direction de la scène, et j'aperçois Jackson, debout en plein milieu.

— Mais… Quoi ? je murmure, choquée.

Il se racle la gorge et se penche vers le micro.

— Bonsoir tout le monde. Certains d'entre vous me connaissent peut-être déjà, mais pour les autres, je suis Jackson Fields, *kicker* de l'équipe des Mountain Lions de Denver.

— C'est monsieur Jackson ! s'écrie Lily d'une voix suraiguë depuis sa place au premier rang.

Jackson lui fait coucou.

— Go, les Mountain Lions ! lance un adulte depuis le côté de la salle.

— Merci, mec, répond Jackson avec un rire nerveux. Mais aujourd'hui, je suis là pour vous raconter une histoire.

— Mais qu'est-ce qu'il fabrique ?

J'ai un mauvais pressentiment.

— Chut, regarde, m'ordonne Ashley, les yeux braqués sur la scène.

— Il était une fois, il y a longtemps, très longtemps, deux amis.

Le rideau s'écarte pour laisser entrer deux autres joueurs de l'équipe, qui viennent se tenir côte à côte près de Jackson. Dans le public, les gens commencent à rire.

— Ils étaient voisins et meilleurs amis, reprend Jackson.

— Oh, mon Dieu, je murmure en portant la main à mes lèvres, effarée.

— Mais un des deux ne savait pas que son amie était amoureuse de lui, alors il a décidé de… tenir la main d'une autre amie.

Colin traverse la scène et se dirige vers le joueur qui est censé représenter Jackson.

— On a vraiment besoin de faire tout ça ? siffle-t-il en direction du vrai Jackson.

— Ferme-la et donne ta main, ordonne Alex, le *quarterback*, en saisissant la main de son coéquipier.

Le public est secoué de rire devant cette scène. Mais je suis la seule à en saisir toute la portée.

— Le garçon et son autre amie se sont tenu la main pendant très longtemps. Mais la première fille était triste, parce qu'elle aurait vraiment voulu tenir la main de son meilleur ami.

Knox, le géant super musclé qui joue mon rôle, jette un regard triste en direction du public.

— Mais un jour, après de nombreuses années, le garçon finit enfin par lâcher la main de cette fille.

Les deux joueurs cessent de balancer gaiement leurs mains entremêlées et Colin quitte la scène.

— Le garçon se blesse, et c'est sa meilleure amie qui vient l'aider à guérir.

Tout le monde regarde la scène. Mes propres yeux sont fixés sur Jackson qui raconte notre histoire.

— Quand ils se rendent compte qu'ils sont amoureux, ils commencent à se tenir la main.

Alex et Knox s'exécutent et échangent un regard absolument perplexe.

— Pourquoi est-ce que tout le monde se tient la main ? me demande Ashley dans un murmure.

— On est à l'école, Ash.

— Ah, c'est vrai.

— Le garçon aime vraiment beaucoup son amie, mais il n'est pas très gentil avec elle.

Knox retire brusquement sa main de celle d'Alex et se place à l'écart, une moue exagérée sur le visage.

— Je n'irais pas jusqu'à dire que je suis partie bouder dans un coin, je marmonne.

Les yeux de Jackson trouvent les miens. Mon estomac est serré de stress, et je presse une main sur mon ventre pour tenter de me calmer.

— Le garçon ne s'était pas rendu compte de ce qu'il possédait avant qu'il ne soit trop tard. Et maintenant, il espère que son amie acceptera de prendre sa main de nouveau. Et de ne plus jamais la lâcher.

Je le dévisage, l'estomac noué. Il me regarde aussi, et c'est comme si nous étions seuls dans la pièce. Le regret dans ses yeux est si intense que je le distingue d'ici.

— Voilà, euh, bon. Merci de m'avoir laissé interrompre le spectacle, marmonne Jackson dans le micro avant de quitter la scène sous un tonnerre d'applaudissements. Alex et Knox s'inclinent avant de le suivre et les acclamations du public redoublent.

— Tu dois aller lui parler, s'exclame Ashley en m'attrapant par le bras.

Mes pieds sont cloués au sol.

— Pour lui dire quoi ? je parviens à articuler, la bouche sèche, tandis que je m'efforce de me concentrer sur ce qui vient de se passer.

— Je sais pas, moi, peut-être pour lui dire que tu l'aimes et que tu lui pardonnes ? répond Ashley en levant les yeux au ciel. Hors de question que tu restes ici et que tu l'ignores. Je n'ai jamais rien vu d'aussi adorable.

Ashley me pousse doucement vers le côté de la scène avec un petit cri d'encouragement. L'endroit fourmille d'activité, entre les élèves qui courent partout avant leur performance et les adultes, professeurs et bénévoles, qui essaient de serrer les mains des footballeurs présents. Une main surgit derrière moi et m'attire derrière les lourdes cordes qui servent à remonter le rideau.

— J'espérais que tu viendrais par ici, murmure Jackson quand je lève la tête vers lui.

Maintenant que je le vois de près, je constate qu'il a l'air fatigué. Des cernes marquent son visage, et ses épaules sont tendues d'une manière inhabituelle.

— Comment est-ce que vous êtes entrés ?

— J'ai un peu cajolé le directeur, m'explique Jackson avec un petit sourire. Il fallait bien que je trouve un moyen de te voir.

— Tu aurais pu m'appeler.

— Est-ce que tu aurais décroché ?

Mes lèvres se mettent à trembler et je secoue la tête. Je croise les bras, me préparant mentalement pour ce que je m'apprête à dire.

— Et pourquoi j'aurais décroché ? Tu as dit que j'étais une distraction.

Je n'arrive pas à cacher la douleur dans ma voix.

— Je sais. Et je suis désolé. Tenley, je te jure, je n'ai jamais été aussi désolé.

Jackson attrape mon avant-bras, et sa peau s'embrase. Cela ne fait que quelques semaines, mais ce contact m'a manqué.

— Comment je peux en être sûre ? Tu dis que tu veux qu'on recommence à se *tenir la main*, mais je ne pense pas être capable de supporter ta facette football chaque année, ni le drame qui accompagnera inévitablement Rachel le jour où elle décidera de s'en prendre de nouveau à toi. Je n'ai pas la force de faire face à ce genre d'ascenseur émotionnel.

— L'équipe m'a mis en réserve pour blessure, me dit Jackson d'un ton si neutre que je suis incapable de masquer le choc qui s'affiche sur mon visage.

— En réserve ? je m'exclame avec un hoquet de surprise. C'était si grave que ça ?

Jackson est bien la seule personne contre laquelle je peux m'énerver tout en ayant le besoin irrépressible de le consoler lorsqu'il va mal.

— Je n'aurai pas besoin d'une opération, mais le coach ne veut pas prendre le risque de me faire revenir si c'est pour que ça s'aggrave jusqu'à ce que les dégâts soient permanents. On en a parlé, et j'ai eu une vraie révélation.

— Ah oui ? Laquelle ?

Jackson m'attrape par les mains et m'attire à lui. Sa poitrine frôle la mienne, et je n'aimerais rien de plus que me jeter dans ses bras, mais je me méfie encore.

— Le football ne peut pas représenter tout pour moi. Le coach m'a dit qu'il n'avait jamais remporté le Super Bowl quand il était joueur, et que je devais trouver quelque chose dans ma vie qui compte plus à mes yeux que le sport.

Je déglutis, le chaos qui règne autour de nous oublié.

— Et alors ? Tu l'as trouvé ?

— Oui, dit-il en hochant la tête. Et j'ai peur de ne pas l'avoir traitée comme je l'aurais dû. Elle était la personne la plus importante de ma vie, et je l'ai rejetée comme si elle ne voulait rien dire pour moi. Je me suis servi d'elle comme d'un punchingball quand les choses se sont mal passées dans mon jeu.

— Elle voulait seulement s'assurer que tu allais bien, je murmure en essuyant d'un geste rageur une larme qui coule sur ma joue.

Jackson prend mon visage dans ses mains et essuie de son pouce la larme suivante.

— Je ne sais pas où je serais sans elle. Elle est la seule

femme qui compte pour moi, et je l'ai traitée comme si ce n'était pas du tout le cas. J'en serai désolé toute ma vie. Je l'aime tellement, et je ne désire rien d'autre que d'être avec elle. Danser avec elle dans la cuisine, creuser des citrouilles, jouer à des jeux idiots.

— Comme s'enfermer dans un placard pour s'embrasser ? dis-je avec un sourire que je serais bien incapable de retenir.

Le visage de Jackson s'illumine, juste pour moi.

— L'embrasser beaucoup, oui. Pour peu qu'elle décide de me confier son cœur de nouveau.

— Il n'a jamais été qu'à toi, je murmure en passant mes bras dans sa nuque pour l'attirer à moi.

— Dieu merci.

Jackson franchit la distance qui nous sépare encore et son baiser répare d'un coup tous les éclats brisés de mon cœur. C'est un baiser relativement chaste, mais il fait effet sur tout mon corps ; chaque cellule se réveille après avoir attendu en vain le retour de cet homme ces dernières semaines.

Je mets fin au baiser sans me dégager pour autant.

— Tu m'as tellement manqué.

— J'ai passé les deux pires semaines de ma vie, sans toi.

— Comment va ta jambe ? je lui demande, posant la main sur sa poitrine pour y sentir le battement régulier de son cœur. J'ai voulu t'appeler chaque jour pour avoir de tes nouvelles, mais…

Je m'interromps. Nous avons tous les deux parfaitement conscience de ce qui s'est passé.

— Elle guérira. Une fois que j'ai enfin réussi à me remettre les idées en place, je me suis rendu compte que si je te perdais, ma vie n'aurait plus de sens.

— Heureusement que tu as fini par revenir à la raison,

alors, je murmure, mon cœur battant soudain plus fort dans ma poitrine à ces mots.

— Tant que tu es avec moi, Tenley, tout le reste ne sera que du bonus. Je n'ai besoin de rien d'autre.

Je dépose sur ses lèvres un baiser doux, si léger.

— Je serai toujours avec toi.

Épilogue

JACKSON - DEUX MOIS PLUS TARD

— On ne peut vraiment pas se permettre d'être en retard, Tenley. Tu es bientôt prête ?

Elle sort enfin de la salle de bain attenante à notre chambre d'hôtel, et elle n'a jamais été aussi belle qu'en cet instant. Elle a bouclé ses cheveux courts et sa robe à paillettes argentée lui arrive juste au-dessus des genoux. Je dois faire appel à toute ma discipline pour ne pas la traîner jusqu'au lit pour lui montrer exactement à quel point je l'aime.

— Ce n'est pas comme s'ils pouvaient commencer sans nous, fait-elle remarquer avec le sourire qui ne l'a pas quittée de la journée, depuis notre atterrissage.

— On risque vraiment d'être en retard, maintenant. Putain, Tenley, tu es magnifique.

Elle tourne sur elle-même en s'approchant de moi.

— Tu n'es pas si mal toi-même, beau gosse, dit-elle en passant la main sur ma veste noire.

— Comment ai-je pu être assez chanceux pour te trouver ? je murmure en glissant mes bras autour de sa taille, posant mes mains juste au-dessus de son cul parfait.

— On devrait peut-être remercier tes parents d'avoir emménagé juste à côté des miens, répond-elle en déposant un baiser chaste sur mes lèvres avant de reculer. Même Rachel a droit à des remerciements, à vrai dire, pour avoir organisé cette fameuse soirée au lycée.

— Qui aurait cru qu'on finirait ici, après cette nuit fatidique ? je plaisante en souriant, prenant sa main pour la guider hors de la suite de luxe du dernier étage de l'hôtel et jusqu'à l'ascenseur.

Je repousse une mèche de cheveux qui lui tombe dans le cou et y dépose un baiser à la place. Elle se détend encore plus entre mes bras, et je resserre mon étreinte.

— Je n'en reviens pas qu'on soit en train de faire ça.

Je lève la tête et croise son regard dans la paroi réfléchissante de l'ascenseur.

— J'ai treize ans de retard. J'espère que tu sauras me pardonner.

— On n'aurait pas été prêts, avant, dit Tenley en se retournant dans mes bras quand le tintement indiquant le rez-de-chaussée retentit. Allez. Le spectacle peut commencer.

Elle me prend par la main et pénètre à reculons dans le hall bondé de l'hôtel.

Il m'a fallu du temps avant de voir enfin la femme qui me fait face pour ce qu'elle était. Je lui suis reconnaissant d'avoir accepté de revenir. Ce que je ressens pour elle est phénoménal. Avec ma mise en réserve, j'ai eu beaucoup de temps pour réfléchir. Je l'attends chez nous quand elle rentre ; chaque soir, quand je m'endors près d'elle, et chaque matin, quand je me réveille à ses côtés, je dois me pincer le bras pour m'assurer que je ne rêve pas. Je remercie le ciel tous les jours de me l'avoir rendue. Je n'ai jamais été aussi heureux qu'au cours des deux derniers mois.

Parfois, j'ai l'impression que mon cœur va exploser tellement je l'aime.

— Monsieur Fields. Votre limousine vous attend.

Le voiturer désigne le long véhicule noir garé devant la porte.

— Dis donc, tu n'as pas lésiné, ce soir, me taquine Tenley en entrant dans la voiture.

— Rien à dire pour ma défense, je réplique en m'asseyant près d'elle, déboutonnant ma veste. Tu le mérites.

Une bouteille de champagne et deux flûtes nous attendent. Tenley fait sauter le bouchon et envoie un jet de mousse vers l'arrière de la voiture. Son rire me détend. Je lui tends nos deux verres et la regarde y verser le champagne.

— À quoi trinquons-nous, ce soir ? demande-t-elle en balançant ses jambes par-dessus les miennes, s'installant confortablement tandis que la voiture roule dans Las Vegas, le long du Strip.

— À toi, Tenley. Merci de n'avoir jamais renoncé. Merci d'avoir toujours été là pour moi, de m'avoir toujours aimé. Je n'ose imaginer ce que serait ma vie sans toi.

Elle fait doucement tinter son verre contre le mien avant de se rapprocher.

— À partir de ce soir, tu n'auras plus jamais à t'en inquiéter.

Son sourire est encore plus lumineux que les lumières qui éclairent la route menant jusqu'à la petite chapelle où nous attendent nos familles.

Nous passions une journée comme une autre, il y a quelques semaines. Les Mountain Lions avaient subi une défaite brutale lors d'un match à l'extérieur, et Tenley s'attendait à me voir m'énerver de nouveau. Je le voyais sur son visage.

Mais il ne s'est rien passé. Sa présence à mes côtés

rendait tout plus facile. J'ai vu la dernière pièce de sa confiance en moi se mettre en place. Elle comprenait désormais que je ne me défoulerais pas sur elle dès que l'équipe subirait un coup dur. Et c'est à ce moment-là que j'ai su, sans le moindre doute, que je voulais la faire mienne.

– ÉPOUSE-MOI.

— Quoi ? fait-elle, choquée.

— Je t'aime, Tenley. Il n'y a rien que je souhaite plus au monde que de t'épouser.

— On ne sort ensemble que depuis quelques mois, Jackson, tente-t-elle de me raisonner.

— Et alors ? je réplique en l'attirant sur mes genoux. Je ne savais pas qu'il s'agissait de toi, mais je suis amoureux de la personne qui m'a embrassé dans ce placard depuis que je suis un ado tout gringalet. Et t'épouser est tout ce que je désire.

— Tu es sérieux ? dit-elle, son sourire s'élargissant tandis qu'elle pose son front contre le mien.

— Même si je ne devais plus jamais participer au moindre match, ma vie serait incroyable parce que tu en fais partie.

— Tu n'as même pas de bague.

Je soulève Tenley dans mes bras et la porte jusqu'à ma chambre.

— Je n'ai même pas de bague ? répété-je d'un ton moqueur.

Je la dépose sur le lit et me dirige vers le placard, d'où je sors une petite boîte en velours. Je me retourne vers elle et souris en la voyant couvrir son visage de ses mains.

— Je l'ai depuis le jour où nous nous sommes remis ensemble. Et je me mettrais volontiers à genoux devant toi si j'étais sûr d'être capable de me relever ensuite.

Tenley m'attire près d'elle sur le lit.

— Je me suis perdu pendant un temps, je poursuis. Mais tant que tu es à mes côtés, à me guider, à nous guider tous les deux, je sais

qu'on sera toujours mieux ensemble. Je t'aime, Tenley, et rien ne me rendrait plus heureux que l'honneur de t'avoir pour femme.

J'ouvre la boîte d'un geste, révélant l'alliance qui se trouve à l'intérieur. C'est une bague simple, un anneau en or surmonté d'un diamant. Rien de trop tape-à-l'œil, tout comme elle.

— Veux-tu m'épouser ?

— Bien sûr ! s'écrie-t-elle en se jetant dans mes bras pour embrasser chaque centimètre de mon visage. Oui ! Oui ! Et encore oui !

Je lâche un soupir. Je suis plus nerveux que ce que je pensais.

— Ouf, merci.

Je retire l'anneau et le passe à son doigt.

— Il est magnifique, dit Tenley en remuant les doigts. Mais j'aurais quand même une demande.

— Ce que tu veux, je lui promets en déposant un baiser dans son cou, impatient de célébrer ce moment avec elle.

— Allons à Las Vegas. Je n'ai pas envie d'attendre, je veux être à toi. On peut s'arranger pour que nos familles soient là, mais ce n'est pas la peine d'organiser autre chose. L'attente a déjà été bien assez longue.

Je souris et la repousse doucement sur le matelas.

— Je n'ai jamais entendu une aussi bonne idée.

– À QUOI TU penses comme ça ?

La main de Tenley sur ma joue me ramène à l'instant présent.

— Je me rappelais juste du moment où je t'avais demandé de m'épouser.

Elle avale le reste de son champagne d'un coup et m'adresse ce sourire qu'elle ne destine qu'à moi.

— La réponse la plus simple de ma vie.

Je recouvre sa bouche de la mienne et y sens le goût des bulles. Elle écarte les lèvres et sa langue vient se mêler à la mienne. Chaque fois que nous sommes ensemble, je me perds en elle. Dans la sensation de son corps souple sur le mien, celle de ses mains qui parcourent mes cheveux.

Je goûte son gémissement et glisse mes mains sous l'ourlet de sa robe. Elle les recouvre immédiatement des siennes, bloquant mes mouvements.

— Ne commencez rien que vous ne pourrez finir, monsieur Fields.

— J'ai bien l'intention de terminer tout ce que j'entreprendrai ce soir, future madame Fields.

— J'aime le son de ces mots-là.

La vitre qui nous sépare du chauffeur descend.

— Nous sommes arrivés.

La limousine se gare devant la petite chapelle qu'a choisie Tenley. Nos familles nous attendent devant quand le chauffeur ouvre la portière.

— Ce n'est pas trop tôt ! s'exclame ma mère en s'avançant pour me prendre dans ses bras.

— Crois-moi, j'attends ça depuis plus longtemps que toi, je plaisante sans lâcher des yeux Tenley, dans les bras de ses parents, ses sœurs et Gabby debout près d'eux.

— Il est bientôt l'heure, déclare la responsable des mariages depuis l'entrée de la chapelle. Jackson, si vous voulez bien me suivre. Tenley doit encore se préparer.

— On se voit à l'intérieur.

— On se voit à l'intérieur, répète-t-elle.

Nous nous séparons dans le hall d'accueil. Alors que je me dirige vers une petite salle attenante, je suis accueilli par des éclats de voix retentissants. Colin, Alex, Knox et Logan sont groupés autour d'une table au centre de la pièce.

— Mais qu'est-ce que vous faites ici, les gars ?

— Tu croyais vraiment que tu pourrais te marier sans nous ? demande Colin, qui est le premier à s'avancer vers moi. Très classe, ça, mec.

— La saison est à peine terminée. Je pensais que vous auriez besoin de temps pour décompresser.

Les Mountain Lions n'ont pas passé les éliminatoires. La saison a été dure, d'autant plus que je ne pouvais pas les aider comme je l'aurais voulu. Mais tout se passe pour une raison. Je ne serais pas ici ce soir s'il ne m'était pas arrivé tout ce qui m'est arrivé cette année.

— Et on aurait raté tout ça ! Pas moyen, dit Alex en me tendant un verre. Notre place est ici, ce soir.

— Tu as encore le temps de renoncer, plaisante Knox en se glissant à mes côtés pour m'envoyer une claque sur l'épaule.

— Ta gueule. Je ne renoncerais pour rien au monde, je réponds en dégageant sa main.

— Je vérifie, c'est tout. Je ne comprends pas trop pourquoi Tenley voudrait d'un enfoiré râleur comme toi, mais vous avez l'air heureux.

Impossible d'arrêter le sourire qui surgit sur mon visage à ces mots. Je suis exactement là où je dois être. Dans une petite chapelle à Las Vegas, dans les minutes qui précèdent mon mariage à Tenley.

— Je ne vois pas comment on peut vouloir s'attacher à une seule femme pour le reste de sa vie, commente Colin. Tu pourrais avoir n'importe qui. *Moi*, je pourrais avoir n'importe quelle femme de Vegas sans même faire d'effort.

— Tu finiras bien par le découvrir, Colin, soupire Logan en secouant la tête.

— Pourquoi est-ce que j'étais content de vous voir, déjà ? dis-je en riant.

— OK, OK. Arrêtez de vous moquer de Jackson, les calme Alex. Si vous le permettez, j'aimerais dire quelques mots.

Les gars se taisent et se rassemblent autour de moi. Ils lèvent leurs verres.

— À Jackson. Je sais que la saison n'a pas été facile, mais je crois bien que c'est toi qui t'en sors le mieux de nous tous. Je sais que Tenley et toi vous aimerez toujours, que vous pourrez faire face à n'importe quoi, parce que vous avez déjà traversé beaucoup sans vous laisser écraser par vos fardeaux.

— Sans vous laisser écraser. Pas mal, remarque Knox avec un petit rire.

— Grandis un peu, mec, le réprimande Logan.

Je croise le regard d'Alex et nous éclatons de rire. Je n'en attendais pas moins d'eux. C'est pour ça que j'aime ces gars, pour ça que je suis heureux de les voir ici.

— Bon, d'accord. À Jackson.

— À Jackson.

Nous trinquons, et l'organisatrice passe la tête par la porte.

— Tout le monde est prêt.

Je souffle, soudainement nerveux.

— On t'attend là-bas. Félicitations, mec.

Mes coéquipiers me tapent tous dans le dos tandis que je suis l'organisatrice hors de la pièce, prêt à prendre ma place et à y attendre ma future épouse.

Ma Tenley.

Pour l'éternité.

Tenley

– TU ES PRÊTE ? me demande Gabby.

Je me tiens à l'arrière de la chapelle avec mon père et les papillons qui me remplissent l'estomac.

— Oui.

— Alors, on y va.

La musique commence, et mes sœurs accompagnent Gabby le long de la petite allée de l'église. Mon père me tend son coude, et je m'y agrippe comme si ma vie en dépendait.

— Tu es superbe, Tenley. Je suis si fier de toi, et je sais que Jackson est l'homme qu'il te faut.

Mes yeux se remplissent de larmes.

— J'ai l'impression que je vais sangloter tout du long, je marmonne.

— C'est que tu as pris la bonne décision, dit mon père en déposant un baiser sur ma joue.

La musique change et c'est à mon tour de remonter l'allée.

Jackson m'attend au bout. J'ai beau l'avoir vu il y a quelques minutes, mon cœur menace d'exploser d'amour pour lui.

J'ai été amoureuse de cet homme pendant la moitié de ma vie. Il a été mon premier baiser, il était présent pour tous les moments majeurs de ma vie. Et lorsqu'il a eu besoin de moi comme jamais auparavant, j'étais là.

Pendant tout ce temps, notre amour n'a pas cessé de grandir, de changer, d'évoluer jusqu'à atteindre son état actuel. Quelque chose de si profond, de tellement immense que je ne sais pas si je survivrais à une seule journée sans lui. Sans cet homme qui est tout ce qui compte pour moi.

Le temps que j'arrive à son niveau, des larmes coulent sur mes joues.

— Prenez soin l'un de l'autre, nous murmure mon père tandis que Jackson m'attrape par la main pour m'attirer près de lui.

La responsable du mariage entame son sermon, et Jackson ne me lâche pas des yeux. Quand j'étais petite, je pensais que je voudrais une immense cérémonie de mariage, où j'inviterais tous ceux que je connaissais. Finalement, il s'avère que je n'ai besoin que de ma famille et de Jackson. Tous ceux qui comptent.

— Bien, il me semble que vous avez rédigé vos propres vœux ?

Jackson hoche la tête et elle lui fait signe de commencer.

— Tenley. Je pensais savoir exactement ce que serait ma vie. Je jouerai au football, et je finirai par épouser quelqu'un. Apparemment, je ne savais rien à rien. Parce que depuis que nous nous sommes rencontrés, je n'ai fait qu'attendre ce moment. Tu es tout ce dont j'ai besoin. Tant que tu es dans ma vie, il ne me faut rien d'autre. Je t'aime plus que tout, et je compte bien passer le restant de mes jours à te montrer exactement tout ce que tu représentes pour moi.

Je renifle à ses mots et laisse son amour m'envahir.

— Jackson, je suis amoureuse de toi depuis que ta famille a emménagé à côté de la mienne. Et même quand nous n'étions pas ensemble, je t'aimais à distance. Lorsque j'ai enfin eu l'occasion de te prouver mon amour, je ne savais pas qu'il était possible d'aimer autant. Tu rends cela si simple. L'avenir nous réserve sûrement des jours difficiles, mais je sais que tout ira bien, que tant que nous sommes ensemble, il ne peut rien nous arriver. Tu es tout ce dont j'ai besoin. Je t'aime.

Je t'aime articule-t-il silencieusement en retour.

Une larme coule sur sa joue, et je tends la main pour l'essuyer. Nous continuons la cérémonie, et nous pouvons enfin nous embrasser. Nos invités applaudissent et poussent des exclamations tandis que Jackson m'entraîne dans un baiser passionné.

C'est le meilleur que j'ai connu de ma vie. Ce baiser scelle notre amour, la promesse de notre futur, et tout ce que nous représentons l'un pour l'autre. Lorsqu'il se recule, son sourire me pousse à sauter à nouveau dans ses bras.

— À M. et Mme Fields.

— Je t'aime, madame Fields, murmure Jackson.

— Et je t'aime, monsieur Fields.

Jackson m'accorde un nouveau baiser renversant avant de m'entraîner à sa suite dans l'allée.

Vers l'éternité qui nous attend au bout de quatorze ans.

Fin

Envie de savoir ce qui arrive à Jackson et Tenley ?
Découvrez votre épilogue bonus dès maintenant !

Remerciements

Le tome 8 est enfin disponible !

La série *Les Lions de Denver* est ma lettre d'amour au football américain. J'ai grandi à l'époque de Peyton Manning, à Indianapolis, alors impossible de ne pas aimer ce sport. Quand j'ai voulu écrire une nouvelle série, j'ai tout de suite pensé à une romance sportive ! C'est ainsi qu'est née la série *Les Lions de Denver*.

J'ai pris beaucoup de plaisir à écrire *Sur la touche*. Je suis tout de suite tombée sous le charme de Jackson et Tenley, et au lieu de leur réserver le dernier tome de la série, je les ai placés en premier. Mention spéciale à ma meilleure amie et compagne de voyage, Rachel… qui n'a rien de commun avec l'affreuse Rachel du livre <3

J'aurais tant de personnes à remercier, et je crains toujours d'en oublier…

À chacun de mes amis auteurs, qui seraient trop nombreux pour être énumérés, je ne vous remercierai jamais assez pour votre soutien sans faille ! Sans vous, je ne serais pas là où j'en suis aujourd'hui !

À mon équipe de terrain… merci d'aimer mes livres autant que vous le faites !

À tous les lecteurs, blogueurs, bookstagrammeurs et booktokeurs… merci de lire et de tenter de découvrir mes livres ! Je n'y arriverais pas sans vous.

À propos de l'auteur

Après avoir remporté une récompense pour jeunes auteurs au primaire, Emily Silver a décidé de devenir écrivain. Elle adore les héroïnes fortes et les hommes merveilleux qui tombent amoureux d'elles.

Fervente amatrice de romances, Emily a commencé à écrire des livres qui se déroulent dans différents lieux du monde entier. Grande voyageuse, elle a visité les sept continents et fait le tour du monde.

Quand elle n'écrit pas, Emily est souvent sur son porche en train de siroter des cocktails, de lire toutes les histoires d'amour qui lui tombent sous la main et de planifier sa prochaine grande aventure !

Retrouvez-la sur les réseaux sociaux pour rester informés de toutes ses aventures et ses prochaines parutions !

The Love Abroad Series

<u>An Icy Infatuation</u>

<u>A French Fling</u>

<u>A Sydney Surprise</u>

www.ingramcontent.com/pod-product-compliance
Lightning Source LLC
Chambersburg PA
CBHW021312190726
48288CB00003B/805